诗想者

H I P O E M

这样的你

Zheyang De Ni

熊明 ◎ 著

GUANGXI NORMAL UNIVERSITY PRESS
广西师范大学出版社
· 桂林 ·

图书在版编目（CIP）数据

这样的你 / 熊明著．—桂林：广西师范大学出版社，2018.9
ISBN 978-7-5495-6258-9

Ⅰ．①这… Ⅱ．①熊… Ⅲ．①诗集—中国—当代 Ⅳ．①I227

中国版本图书馆 CIP 数据核字（2018）第 199070 号

广西师范大学出版社出版发行
（广西桂林市五里店路 9 号　邮政编码：541004
网址：http://www.bbtpress.com）
出版人：张艺兵
全国新华书店经销
衡阳顺地印务有限公司印刷
（湖南省衡阳市雁峰区园艺村 9 号　邮政编码：421008）
开本：889 mm × 1 194 mm　1/32
印张：7　　字数：160 千字
2018 年 9 月第 1 版　　2018 年 9 月第 1 次印刷
定价：40.00 元

诗心未眠

常常在夜深人静的时候，无论是有月还是无月，无论梅映落雪还是雨打芭蕉，无论是英蕊缤纷还是黄叶萧萧，我总会安静地坐下来，临窗燃烛，把自己的悲欣与忧乐，或者心中轻轻悄悄掠过的那些细微缥缈的思与念，幻与想；或者那些爱与不爱的人和事，可堪与不堪回首的过往；写出来，变成一行行的诗句，一首首的歌吟。然后，将它们小心收起，不惊扰窗外暗夜中醒着的星星和猫头鹰，熄灭那支温暖的烛火，安安静静地等待又一天的黎明。

一

流年似水，日复日，月复月，年复年，仿佛一切如故，而我们实际上早已离开最初的出发地很远很远。至今还记得，我第一首刊出的诗，应该是在龙门南师（现四川省南充师范学校）的校报上，那年我十六岁。但我已不记得其中的句子了，甚至它的题名。那时，我周旋在莎士比亚、拜伦、雪莱、华兹华斯、庞德、惠特曼、泰戈尔、聂鲁达、普希金们之间，在何其芳的《预言》、戴望舒的《雨巷》、周梦蝶的《菩提树下》、徐志摩的“康桥”、卞之琳的“桥上”、穆旦的“森林”里流连，不愿错过顾城、北岛、舒婷的每一首新诗。那时是诗的时代，到处弥漫着诗的激情和浪漫，特别是在校园里。而那时，我也恰少年青春，从此便染上了诗疾。数日不读诗，便觉凄惶不宁；数日不写诗，便觉心灵无处安放。虽然，后来从龙门南师毕业，回到故乡的山村教书，不久即开始了漫长的漂泊与求学，并最终走上了为师与为学一途，但诗却不曾暂舍，总在身边。

最初写诗，应该是因为青春岁月中那些不知所起的莫名烦恼与那些不知所来的忧伤。后来，逐渐知道孔子有云“诗可以兴，可以观，可以群，可以怨”;《左传》有云“诗以言志”; 陆机《文赋》有云“诗缘情而绮靡”。而那些“志”与“情”，可以是民族的、国家的，也可以是一己的、私人的；可以崇高和宏大，也可以渺小和卑微；可以达于亘古洪荒、世界宇宙，也可以及于酒肉愁肠、恩怨尔汝……就像《诗》，其中的大多数篇章原本就是刍荛狂夫们朴素的低吟浅唱。所以，当年华老去，泯然众人，在庸常的生活之外，我发现，诗是找回真我的一条秘径。

一豆青灯之下，只要诗心未眠，无论岁月倏忽，衰白了鬓毛，暗淡了眼眸，无论青春已离开了多久多远，抖落满身的尘俗，我还是那时的少年。因而，一直以来，每有春花秋月、夏虫冬雪之触感，晨昏更替、日月变迁之兴叹，亲人聚散、友朋来去之喜乐，以至那些蓦然而兴的幽幽怀，絮絮情，离离悲，涩涩酸，切切愿，隐隐痛，都赋成短歌长韵，或三五日，或十数日，或半月一月，但随兴之所至而已，并不刻意为之。而每得佳语，也会好几天欢喜。

二

我读着中国近现代至当代的新诗走来，读着来自西方从古典到现代的诗歌走来，而中国传统的古典诗词也让我深深迷恋。

我坚持认为，一首诗应该创造独特的意象。诗中的意象可以是一个，也可以是两个，甚至多个，这些独特的意象来自自然，或者想象，或者倒映着历史的影子，或者折射着现实的镜像。但无论如何，都应被赋予诗人自己的个性和气质，是诗人独特的创造。一首诗也应该表达独特的感悟。感悟可以是关于生活的、关于自然的、关于宇宙的，也可以是关于人生的、关于事业的、关于爱情的，关于世界万物的，这些感悟深邃、真诚，直达本质，直指人性。一首诗也应该呈现别致的情趣。情趣就是我们对待琐碎生活的态度、方式以及心情，发现它们，捕捉它们，用妙言妙语呈现出来，就是诗意。一首好诗必须有独特的意象，而独特的感悟与别致的情趣，则可皆而有之，也可独具其一。

我坚持认为，一首诗应该是诗人源自心灵的真情诉说。自我地、真诚地、悲悯地、慷慨地面对自我，面对自然，面对万物，面对众生，抑或是暗夜中的自言自语，香烟中与神明的无言相对。无论何种姿态，应该总有人间烟火的味道，让人亲近；或者有超尘脱俗的俊逸，让人神往；或者有遗落人间的萧散，让人怜惜。朱光潜把文学分为三等："最上乘的是自言自语，其次是向一个人说话，再其次是向许多人说话。"诗也是如此，唯有源自心灵深处真情的诉说，即使你仅仅是在自言自语，才有感动人心的魅力，才是一首成功的诗作。

我坚持认为，一首诗应该有显著的、跳动的节奏而具有音乐美。当我们的诗歌在晚清民国走出古典后，新诗写作中忽视诗句本身音乐美感的倾向一直存在，但那些成为经典的好诗，总有着音乐般的节奏。为获得音乐美而讲究节奏不是诗的“镣铐”，越过宋词、唐诗，回到诗歌最初的时代——《诗》的时代，《诗》中的诗原本就是歌谣，来自刍荛狂夫们的吟唱，即使在它们的乐谱亡佚之后，《诗》中的诗篇，依然普遍还有着曼妙的节奏与乐感。比如《诗·国风·郑风》中的《野有蔓草》：“野有蔓草，零露漙兮。有美一人，清扬婉兮。邂逅相遇，适我愿兮。野有蔓草，零露瀼瀼。有美一人，婉如清扬。邂逅相遇，与子偕臧。”在复沓中自然具有了舒缓和美的节奏，《诗》中许多篇章，往往如此，或双重复沓，或三重复沓，甚至四重、多重复沓，比如《诗·国风·秦风》中的《蒹葭》就是三重复沓。所以，节奏与律动，是诗诞生之时就被赋予的品格，是诗与辞赋、散文相区别的典型特征。

我也坚持认为，诗的形式应该不拘一格，灵活多样。我们已经走出古典，现代新诗早已抛弃了律诗、绝句以及五言、七言的固定模式。当然，形式与诗要表达的内容有关，与内容和谐统一的形式，都是合理的、恰当的。但无论何种形式，它看上去应该还有通常意义上诗的表征，比如换行、分节，音符般跳动的韵律等等。

我也坚持认为，诗的语言应该是生动的、新鲜的、可懂的、符合习惯的。诗应该创新，包括语言，不过，语言的创新不能违背我们的语言习惯与审美习惯。唐代韩愈与孟郊那些尚险求奇的诗歌，谁能记得？流传众口、被人传诵不已的，却是《早春》与《游子吟》这样清新、平易的小诗。

好诗不是诗人写出来的，而是诗人活出来，是诗人心灵的体悟和呈现，是诗人真情的流淌和诉说，一首诗就是一个诗人自己。

三

人生美好，尽管有许多磨难，一路走来，总有那么多让人恋恋不忍相舍的风景。《晋书·羊祜传》云：祜乐山水，每风景，必造岘山，置酒言咏，终日不倦。尝慨然叹息，顾谓从事中郎邹湛等曰："自有宇宙，便有此山。由来贤达胜士，登此远望，如我与卿者多矣！皆湮灭无闻，使人悲伤。如百岁后有知，魂魄犹应登此也。"湛曰："公德冠四海，道嗣前哲，令闻令望，必与此山俱传。至若湛辈，乃当如公言耳。"岁月消磨，我早已不复有阮籍广武登临之叹，但心中却始终怀有羊祜岘山风景之伤。人世间那些曾经的美好的相遇——人事、风物——一朵花的飘落，一片叶的枯萎，一次擦肩而过的回眸微笑，一个等了很久的远方的消息……都让我感动得不能自已。在夜阑人静之后，坐在窗前，我把它们小心翼翼地捧出来，安放在一首首小诗里。

曹丕《典论·论文》云："盖文章，经国之大业，不朽之盛事。年寿有时而尽，荣乐止乎其身，二者必至之常期，未若文章之无穷。"是的，那些经典文章将与人类同在，传之无穷。我的小诗没有经典的气质与品性，它们只是我的心语。当我老去，渐渐失去记忆，忘了世界，甚至忘了你，枯坐黄昏时，它们只是我品茶时的一点点回忆。所以，我写的诗，仅仅是为了安放与珍藏我一路走来经历的人世间的那些美好的风景。

人生如寄，来路如斯，去路迢迢，在那些星月照耀的夜晚，或者风雨敲窗的夜晚，我仍将在灯下写一首又一首的诗，给自己，也给你。

熊　明

2017 年仲春序于耕烟堂

2018 年孟春改定于耕烟堂

目　录

第一辑　怎样才能与你相遇

第一辑

怎样才能与你相遇

在一个秋日寂寞的黄昏
或者，一个雪后宁静的早晨
是不是可以与你相遇
当我低垂了失去荣光的眼睛

我已渐渐将你遗忘

我已渐渐将你遗忘，故乡的河
那些晨风中梦痕般的微澜
宽阔的河滩上，似圆非圆的鹅卵石间
摇曳的黄色野菊，紫色罗兰
和缥缈在云端的绵延远山，就像
泛黄的书页中无可奈何的残缺
再也无法轻易地复原

有时，我不禁深深怀疑，故乡的河
你只是我夜深人静后孤独的想象
我用尽每一个冬天的积雪
反反复复，澡拭那些陈旧的夜晚
沉落河心的月亮，却始终没有浮出水面
千里之外，隔着一天星光，以及
人间无尽处的灯火阑珊
我努力寻找你眼中曾经的风烟
在雨打芭蕉的恹恹午后，或者
在月照花林的悄悄黎明
在雁栖萍洲，水落舟横的黄昏
而你低低垂下的眼帘

就像一道似疏还密的藩篱
隔开我的寂寞和你的雾鬓风鬟

不忆离别，唯记与你相依，故乡的河
漫长的追忆里无路返回，梦中的我
仿佛遥立在一街之隔的窗前
越过嘈嘈市声
无数重来来去去的人流之外
你的身影悠然玄远，晨来暮去
一抹风情如练，缠绕指尖

2018.2.9

在南充，凌晨一点

在南充，凌晨一点突然醒来
我肯定不是陌生的惊扰
因为南充，是我久别重逢的故园

我的窗户半掩，我知道
此时，多年不见的旧月亮
正在西山背面，装点情人的遥夜
滨江路的街灯如练
尽显嘉陵江穿城而过的曼妙身段
他们那么轻地眨眼，该是怕惊扰我
竹马凭虚的追忆和游观
轻柔的岚烟，从燕儿湾款步而来
刚刚抵达白塔的第三层楼台
还没来得及漫过我十七楼的窗前
我熟悉她每一天必经的路径
只是担心，满身异乡的尘埃
她还会不会搴帘而入
一如从前，给我一个湿漉漉的长吻
或者，温柔地拥我入眠

在南充，凌晨一点突然醒来
我无法确定夜色与梦境之间，是否
需要满天星光的骑驿和铺垫
就如我无法确认，我与南充
是否需要，从初见般的蓦然惊顾开始
重新经历一场必然遭遇的蜜恋

2018.1.18

踏雪歌

是谁迫不及待地踏过这片雪原
在这雪后的黄昏，留下一串新鲜的脚印
我们应该有相同的欢喜
欢喜踏过雪原细碎的脚步声
欢喜这原上雪后无人的寂寞，欢喜新雪
在那些冰冻的水塘中温柔的堆积
半淹了枯荷的残枝
仿佛唐人酒后的残句。欢喜新雪
在夹岸枯槁的苇穗上羞涩的萦絮
仿佛美人旧梦中的叹息
欢喜新雪，与倾斜的柳树
那么多情的拥泣
给归去的暮鸦那么生动的剪影

只是，只是啊，天际浑茫，暮烟渐迷
一串脚印的尽头，无人伫立

2018.1.15

被遗弃的鹊巢

一场期盼已久的小雪过后
天蓝得如同一颗玻璃心
冰封的湖面，数支残荷，两岸枯荻
在点点残雪中，遥想莺飞的三月
一棵凋尽了枯叶的老榆树
站在不远不近的距离，独自成景
就如我独立雪后的黄昏

北岸明灭的小径让人颇生幽情
新雪下的枯叶
仿佛记忆中顽固的疤痕
老榆树下，我担心南枝上挑着的鹊巢
失去了满树绿叶的掩映
是否，还经得住
我一遍又一遍地打量

穿过网状的老榆树的巨大树冠
原本一整片无瑕的夕阳
就在我如荷如荻般枯瘁的叹息里
碎成了千万枚细小的银针

纷纷扬扬落在我的脸上
凛冽的寒凉，彻于心扉
多么像失落已久的少年时光

夕阳沉落，暮霭如忧伤的翼
缓缓笼盖了所有的思绪
没有群鹊欢噪，孤鸦来归
长长短短的冷风也敲不出一点回声
老榆树南枝上挑着的鹊巢，或许
只是黄昏里偶尔一现的幻象
就如我在人群中孤独地想起的故乡

2017.12.17

冬夜，蒲河路上的怀想

十一月的冬夜，枯槁而憔悴
却因一场轻雪，顿生了几分妩媚
微弱而温柔的雪光
将道旁树凌乱枝丫上仅剩的一片枯叶
清晰地刻在厚厚的夜幕上
宛然旧梦中出逃的灵魂

长长的蒲河路上醒着几颗昏黄的路灯
但他们无心世事，也不在意眼前的身影
从左向右，慢慢变短，再慢慢变长
直到融化在深深的黑暗里
在他们身后，昼日繁华的街市
只剩下隐约的轮廓，绵延在暗红的天际

天际？天际很远，又似乎很近
仿佛就在路灯光影照不到的背面
偶尔，一片雪花缓缓穿过灯影
轻如夜的呼吸，它坠入黑暗的姿势
应该与记忆中的童话有关，不然
为何总在梦中身如落雪般飘过蜀山

冬夜的蒲河路空空荡荡，只有猫头鹰
依然在北枝上背身而立，一如你心中的我
即使你精心备好了一段往事
温暖的炉火和醇浓的乡音，我也无法归去
或许，我只是落在你手心里的一粒红尘
攥紧了刺痛心，松开，便再见无期

2017.11.26

三道河夏天的早晨

三道河夏天的早晨如此安静
安静得不需要一些犬吠和鸡鸣
甚至不需要我的心跳和呼吸
偶尔，少女风穿过脚下满坡的蒺藜
没有摇曳一花一叶
便遁入了远处无边的森林
这安静盛大而苍翠
些许野菊花般细小的惆怅
极目而生，不是因为想你
就像那些轻灵的晨岚，总在
我低头的瞬间，漫过西岭的枫树林

三道河夏天的早晨如此安静
只有西岭轻柔的晨岚在流淌舒卷
就像心中那些细小的惆怅
在这样安静的早晨野菊花般地开放
仿佛小鹿刚刚醒来的眼神，仿佛
猫头鹰缓缓睡去时的最后一声叹息
当初升的太阳终于在东山站定

丛林深处一只蝴蝶扇动鲜洁的翅膀
你仍然可以在我的眼睛里找到她的踪影

2017.10.12

心中的绿萝

你离开时的最后一次回望
从你眼中，遗落了一颗小小的忧伤

你遗落的忧伤，小小的种子
在我的心中，长出一株透明的绿萝

我心中的绿萝，透明的忧伤
固执地追逐你远去的脚步，疯长

2017.8.20

在阴郁的天气里

我已熟悉北方的夏天，总是
响晴的天气，风扬起细碎的阳光
在胀满碧血的绿叶上
滚动闪烁，炫耀着蓬勃的生命力
偶尔一阵疾风暴雨
宣泄了再也抑制不住的激情
然后，在暧昧的潮湿里
安静得如同一段秦时塞上的柳笛

但是今天，阴郁笼罩
我的思绪久久绕不开门前的柳树
那一树的柳丝太细密
没有留下一点想象的余地
就像故乡对待我这个少小离家的人
将那些童年记忆里的山冈
河流，田地，竹林，院坝，甚至
邻家小妹，一一变得陌生

一只小黄狗站在不远处
歪头看我，不离开也不走近

要不是那株苍老的皂角树
我肯定无法遇见当年的自己
那一刻的惊喜和感动
就像此时，从细密的柳丝后
飞出的一只白蝴蝶
解救了我迷失已久的思绪

在相距遥远的北方，比如现在
记忆中的故乡美得让人心碎
那株苍老的皂角树
皂角树掩映的老屋以及老屋西窗下
一双晶莹如玉的少年的眼睛
可以穿越零乱的时光和陈年的旧事
在这个阴郁的午后，栩栩如生
不需要一场暴风雨的宣示或提醒

2017.7.28

给这样的你

日月与星河的流转
从亘古到洪荒，循着自然之道
从不曾为谁稍住她的行程
只是因你的素手相挽
冬日的阳光才变得温暖
只是因你柔情的注视
窗前的月光才生了浪漫
只是因你的陪伴
野渡的星河才那样灿烂

远去的岁月不急不缓
春花在雨中凋零了她的娇艳
秋叶在风中老去了盛颜
当夏虫的鸣叫也不再嘹亮
冬雪消隐在浅草边沿
一年一年，即使
我错过了诸神荣耀的华宴
辜负了一世的繁华与顾念
只愿——

我梦的湖面依然映着你的倒影
醒来的清晨还有你的温言

2017.6.22

刚　好

风起波心，无意卷起一枚柳絮
而你刚好系舟蒲津
柳絮便牵了你染尘的衣襟

雨落黄昏，无意零落满树的槐花
而你刚好携书归去
槐花簌簌的飘零便有了诗意

月挂西楹，无意流照露华初凝的海棠
而你刚好梦醒临窗
海棠便相映了你的素靥和红裙

雁去横塘，无意遗落一段秋声
而你刚好登楼吹笛
秋声便浅浅地染了你低绾的发髻

抱琴行吟，我无意在俗世与你相遇
而你刚好篱下煮茗
簪花满头，轻轻唱了《子衿》

2017.6.13

403 教室窗外的风景

我总是坐在这个靠窗的位置
上课和自习，只要它没有被别人占领
稍微向左一转头，就可以看见
窗外一片有着曲折小径的葱茏树林
多年后我还能想起，那里
有丁香馥郁的香，迎春花纯净的黄
有纷纷扬扬的槐花如雨
有轻轻的柳絮，殷艳的红叶

几棵松树散落在最远处
那里也是校园的围墙和边界
树上住着两只灰色的小松鼠
冬日雪过天晴的午后
或者新阳初照，宁静的夏日清晨
他们偶尔会轻悄悄来到窗下的草地
四年了，他们总是
在抬头看见窗后的我时转身离去

临溪那株高大的榆树上
常常栖满小鸟，灰喜鹊最是常客

灰黑的风衣，白色的花纹
完美的比例，在树与草地间
飞来飞去，偶尔也来到窗前
欢喜地与我说话，告诉我
花开的消息，午后要来的阵雨

当然，除了小松鼠与灰喜鹊
窗下那条曲折的小径
常常走过一些幸福的情侣
微醺的黄昏，星光朦胧的夏夜
我也会漫无目的地穿过树林
在窗下伫立，心中便有烟一样的愁绪
——在我离开之后
又会是谁坐在那里？如我一样
稍微向左一转头
望向这一片葱茏的树林？

2017.6.11

少小时光

不管那时有多少磨难，多年后
仍然记得的，只有后山上
终年青青郁郁的橘树林
春来挂满羞涩的白色小花
至于一粒粒的青果
如何长大，如何变成金黄的柑橘
我却早已忘记，就如同
忘记自己如何一寸一寸长高
如何一步一步走出那处山乡

还有那一片云端的竹林
萧萧之声，飘在抬头一望的月影里
少小的记忆总隔着遥远的距离
比如一望无际的麦田
比如一条没有尽头的山路
多像人生的预言
或者是旧书中的一段情节
与我无关，我只是多年以后
偶尔匆匆而来又匆匆而去的看客

转过身，仿佛已历经千年
那时所有的人都有一张温暖的脸
如同我的父亲和兄弟
他们注视我的眼神，柔软而忧伤
就像岑寂的雨林中缥缈的苔痕
静悄悄在身后的岁月中蔓延
我只是看客而已
即使一场无休止的雨，漫了河岸
淹了城阙，却再也淋不湿我的心情

2017.5.26

离　别

你离开时，我看见门前的梧桐树
正把一枝新叶高高扬起
清晨湿漉漉的阳光倾泻在新叶上
溅起一串串幽蓝幽蓝的碎片
你抬头张望，一只灰喜鹊
掠过梧桐树梢，飞向远处的丛林
沿着那条有着优美曲线的落花小径
你的背影越来越小，直到
变成我眼睛里一粒坚硬的黑影

多年后我仍然记得，那时我多希望
你能在小径的拐弯处停下来
哪怕只是浅浅的一笑
即使不回头，也不停下你的脚步
只是背对我挥一挥手也好
你知道我一直站在门前的梧桐树下
那些从新叶上溅落的阳光的碎片
幽蓝幽蓝，沾满了我的衣襟

2017.5.12

在春天与你相见

我用一个冬天苦苦思索，如何
在春天与你相见
这一次我终于决定去看你
去你隐居的幽僻之乡，你说
那里桃花正好，还有我喜欢的野杏林

我已想好，在春天的第一场雨后出发
在第二场雨落下之前赶到
与你热情地拥抱，仔细看看
你眼睛里我的模样
你煮的茶里肯定有朵化不开的白云
然后，春天的第二场雨就自然而然地
下起来，我们可以肩并肩站在桃花下
也可以轻悄悄地穿过野杏林
听雨在花上呢喃，任凭蒲公英
在身后的青草地上，点亮一个一个的星星

只是，当月满南山，你望向我
我该如何掩藏，心中那些琐琐碎碎的尘念？

2017.4.18

窗前即景

这个春天我等了好久，显然
这时她正在窗外喊我
声音里还有些南方湿漉漉的气息
而我却不想出门，与她相见
任凭她的呼喊一声高过一声
我就站在窗后，不说话

她的呼喊惊起了桃树下的一群小麻雀
急速地飞起又落下，有些嗔怒
这穿蓝底花裙子的春天如此粗野
一片桃花缓缓落下
刚好落在最左边那只小麻雀的头上
它只是把头轻轻一歪
花瓣就滑落到脚下新绿的草地

小麻雀一直住在这里
他们是我的邻居，从未出过远门
即使在冬天最冷的日子
他们也经常飞来我的窗下
他们知道，我一直坐在窗后

翻一些泛黄的书卷
用白色的鹅管笔写诗，用碧笺写信
世俗地吃茶，与儿子说话

一只小麻雀飞过来，站在左侧的窗沿
正好在四十五度角上与我相对
我吃吃一笑，他轻轻咿呀
展翅疾去，呼起同伴转过矮墙
大声地议论关于我的秘密，春天
不再喊我，只在柳梢抛出一串串青白眼
叮叮当当地挂在爬满莓苔的屋檐

2017.4.7

次第花开的三月

这时，梨花桃花李花已经次第开过
那些白的红的粉的落花
依然堆在每一条回家的路上
你经过时，便有无数的花瓣扬起
就像你轻唱的小曲一样轻灵
萦绕着你蓝色的裙裾，飘呀飘
穿过三十年日日夜夜
三千里山山水水，就在这个三月的黄昏
跌落在我的眼前，优雅的姿势
你是否晓得？沉醉了东风
之外，又惊起了故笺中多少岑寂的诗心

是的，还应该有一畦畦的青青新苗
一片片金黄的油菜花
沿着一湾饱满的春水，有旧燕归来
她们偶尔遗落的卿卿语
还有江南烟雨的淡淡痕迹
即使多年以后，还是不会告诉你
我迟迟的脚步，总是
追不上疯长的柳丝，甚至轻轻漫漫的飞絮

就让我在每一树花下停留
任落花满头，暗香盈袖，而你
早已踏花归去，在我的记忆里无踪无影

2017.3.30

你惹起的别绪

一路上，我们有说有笑
就和昨天喝下午茶的时光一样美好
但还是有一种情绪，不经意地
在残雪渐消的枯草间，或者
在午后的阳光偶尔一瞥
落寞斑驳的老墙根，抑或
在人迹罕至的旧河岸边
那株老柳树潮湿的皱褶间
若有若无，浅浅淡淡地滋生

苔痕么？还是冬的梦呓
如藏在帘幔间的一豆青眼
还是指尖缓缓缠绕着的梅香，袅袅
仿佛幽深庭院中的一阕《春阳》
当你最终转身远去之后，在三月
我不愿承认，其实是你惹起的别绪
就如这春的消息
若有若无，迷离了我凝望的眼睛

2017.3.2

你的沧桑我不懂

当一阵秋风穿过这繁忙的大街
道旁树的叶片纷纷坠落
然后，静静横陈在路边，无人注意
只是在又一阵秋风中
相互靠近些，青黄之间
一块一块的暗黑斑痕
仿佛无法治愈的癌变
但他们是那样平静，没有挣扎
叶脉间似乎还有些许的青绿血液
缓缓流动，天使般的呼吸

我无法想象他们经历了怎样的春天
和夏天，是否曾经为一只正在蜕壳的蝉
遮挡过突然降下的倾盆暴雨
是否，披戴过一缕绚丽的朝霞
或者脉脉含情的夕晖，是否
闻到过远道而来的候鸟翎羽间
海的潮汐和沙砾的灼热
正如你从远方来
给我一脸灿烂的笑容和温暖的拥抱

我无法知道你的衣襟里
沾染了多少山水间的氤氲
城市的霓虹，甚至迷梦中的热泪
落叶的沧桑，你的沧桑
我都不懂，在这秋意渐浓的人间

2016.9.24

炎夏怀思

绿萝与芭蕉都在疯狂地生长
即使在充耳的蝉鸣中，我也能听见
他们骨骼的膨胀，宛若蠕虫爬过手心
那些禁锢在心中多年的欲望
在叶脉中奔涌，仿佛就要从叶尖倾泻而出

但它们终于没有决堤，正如我的思念
只在眼中千百回地流转
甚至没有杨花委地般的无奈，或者
流莺般的幽怨轻叹，即使一场好雨之后
在清澈的月光里，你也找不到残留的印迹

除非有人不经意地提起当年
在星月照耀的山谷，溪水潺湲
篝火的余烬温热，明灭如未眠的眼
正好窥见，你倚崖轻歌的侧面
那时风吹落山果，有鹰缓缓滑过遥远的天际

2016.7.17

你还在江南的烟雨中行吟吗

你还在江南的烟雨中行吟吗
那是一个落花满阶的黄昏
我只记得你走过溪桥
寂寞的背影，一双燕子
刚好穿过新绿的柳丝
你的身后，一丛丛的绿荫堆积
直到夜色将一切藏入记忆
从此，在我午后茶
袅袅的幽香里，静夜
翻不动的书页上
不知不觉浮现的烟雨江南
就多了你的身影

其实，我只想知道你的笑颜
是否依然带着淡淡的甜
你的啸歌，是否还飘在远天
在这样落花满阶的黄昏
或者独自点燃一根烟的静夜
我只想知道，记忆中的烟雨江南
哪一处溪山可以高卧

哪一处河湾可以夜泊
哪一处星空，或者浅浅的屋檐
可以让你心安

2016.5.14

暮霭中，山寺的晚钟响起

暮霭中，山寺的晚钟响起
惊落庭中寂寞的桃花如雪
正如我的思绪，千般婉转之后
恰好落在遥远的唐朝你的窗前
那时，夕照正浸透珠帘
悄悄淹没了香炉上最后一缕叹息

不想告诉你，我总是
留恋风中纷纷扬扬的花瓣雨
消隐在晨曦里萤火虫淡蓝色的微光
夕阳下破碎了玲珑的蒲公英
池塘中争相捧出的新荷，以及
旧词中越来越模糊你走过小桥的背影

暮霭中，山寺的晚钟响起
惊落庭中寂寞的桃花如雪
正如你的思绪，千般婉转之后
恰好落在遥远的山中我行经的路隅
那时，夕照熙和，杜鹃声断
浅浅的新绿正漫过层层叠叠的远山

2016.4.9

怎样才能与你相遇

怎样才能与你相遇
在小雨淅沥的秋日黄昏，或者
在雪后初晴寂寥无人的冬日早晨
我只知道你也偏爱独行
向往遗落了时间的幽深静谧
于是，有时我会走进雨林深处
追逐麋鹿轻灵如羽的眼神
一整天坐在废弃千年的城堡残垣上
听风穿过岁月时尘埃坠落的轰鸣
行过红海滩曲曲折折的栈桥
我留意每一个转折处缥缈的背影
甚至在海涛般起伏的流沙中
我不放过折射着五色光的每一粒晶莹

我一直跟随心灵深处的声音
收集你幽兰般轻轻的叹息
当落叶铺满麋鹿驰过的苔径
长风蚀尽荒凉的台城，或者
当一只倦归的海鸟栖在雪白的芦花里
眼泪般的溪水淌过干涸的胡杨林
在一个秋日寂寞的黄昏

或者，一个雪后宁静的早晨
是不是可以与你相遇
当我低垂了失去荣光的眼睛

2015.9.24

我在深秋等你

我想，你肯定已经出发
从我们分别的那株老梨树下
当她的第一片黄叶跌落
带着昨夜湿漉漉的没有结局的梦
溅起一串秋声，滑过疏疏篱墙

你经过的路边山菊花含苞欲放
翻过那一座山崖，野杏林寂寥无声
远处白桦树的歌唱婉转而忧伤
却依然无法留住那群花羽毛的小鸟
你最好不要停留，在堆满五色石的湖边
或者有着迷人星光的山坡
更不要追逐丛林里那只斑斓的蝴蝶
她只是秋光里轻悄悄的幽灵

如果你涉过一条青石满川的山溪
我就可以听见你温暖的心跳
那时，枫林红遍万山
仿佛我心底燃烧的缠绵
在曲折的小径那端，我的柴扉半掩

檐下的迟桂花正安静地盛开

我知道，你就会走进我铺满落叶的庭院

2015.10.18

重返的想象

生活总在远方，于是
不知不觉中我们便已相去遥远
当一夕永不停歇的雨
湿透日记中的那枚旧书签
或者，当阑珊的灯火
再也藏不住一段斑驳的背影
我慌乱地四顾，试图抓住
你的一角衣襟，哪怕
如一片竹叶飘落的幻影也好
而你，只在记忆的深处若隐若现

多想重返你的身边
就在春天，还是接下来的这个夏天
我犹豫不决，一条条旧路
被我反复描画，最后
竟成了穿心的箭
是的，我凌乱的发丝
你不会相信，曾经有蝴蝶停留
在那条油菜花掩覆的山路上

该带上些什么去见你呢
我的行囊总是无法准备妥当
是不是，一旦离开
重返就成了一场
永远无法上演的排练？或者
又一次无法重返的离开

2015.3.29

落雪的记忆

你站在那株木棉下
雪落无声，回首的瞬间
有一朵红莲灿然开放
你说，燃情如雪
可以装点落寞的流年
当目光再也翻不过一叶枯黄
夕照又斑驳了西墙
月光淡泊了深夜的半截烛光
在岁月的远方
一片雪花的冰凉，可不可以
滋润干涸已久的眼眶

是的，在你的记忆中
朝夕的陪伴总是无迹可寻
擦肩而过的一瞬却可以永恒

2014.12.15

深冬晓梦

不知不觉就走进了深深的冬
那时的梦挂在枝头，或者散在苇穗中
晶莹而苍白，只在
晨曦的一瞥中悄悄滑落
化在淡淡的时光里，无影无踪

我知道你不会流泪
即使前世的背影清晰可辨
今生的舞步流丽圆转
我目不转睛的注视
依然无法点亮那一截短短的离别

是否再舞起你长长的水袖
当记忆的湖面泛起旧梦的残片
进退，旋转，跳跃
让我将你尘封千年的歌吟重现
在这倾倒众生的瞬间

2014.12.6

山中夏日

那时，山溪中洄游的青鱼
正悠然越过布满水草的浅滩
深谷中的蝉声戛然而止
便有一阵清风滑过鲜亮的松针
扑面而来。是你在深林中穿行么
一缕柔软的阳光落下来
挂在我的睫毛上，泠泠如你
独对麋鹿轻驰而过的眼神

你不知道我有多遗憾
你不在这里，一带断崖的南面
红蜻蜓悬停在那片盛开的野菊上
轻盈地转身，左向，右向
右向，左向，正寻找一个最美的距离
而我，静静地躲在老槐树的阴影里
不打扰那只灰松鼠吃午餐

2014.6.24

时光的远方

我总是不断地想象，你
独立在溪畔月形桥边的背影
夕阳穿过你柳丝般的长发。或者
你安静地坐在青梅斜倚的窗前
脉脉夕晖在茶杯里荡漾
或者，你正踏过花雨纷纷的小径
遗落一段墨痕未干的碧笺
而我正要归乡，刚好
饮马在你伫立的溪水东岸
静静走过你的窗前
在那一片盛放的山楂林下憩息

如果这是一场没有预约的相遇
无尽的时光的远方
你和我，是否还会记得彼此的模样？

2014.4.9

喜忧岁月

总是在亦喜亦忧的两条小径上来来去去
满心欢喜地回头，是忧伤的凌乱
满怀忧伤地转身，是欢喜的意外
突然遭遇一场盛大的雪
匆匆穿过寂静的竹林，来到你的门前
却发现，遗落了那一枝藏了千年的月桂

该如何问候你，如相知已久的老友
还是假装第一次与你相遇
你当然不知道，我和你一样
熟悉那树海棠的花期
听惯了那对灰喜鹊午后的歌唱
甚至，和你一样深爱江边的夕阳和流岚

岁月静好，你和你的诗歌
在风月之外，沧桑之间，一尘不染

2014.1.28

湿地印象

如果你的眼里满是忧伤
请不要注视那些星星般散落的水塘
阡陌之间，芦苇，蒺藜
低飞的水鸟和白云
总唤起氤氲般朦胧的回忆
青春已侧身而过
破碎的繁华，沉淀在那些水塘中
偶尔，才轻轻泛起一串涟漪

远处的河水奔流不息
却无法带走一塘塘幽幽淡淡的寂寞

2013.10.24

早　秋

为何失落的情绪，总会
莫名地泛滥，在黄昏
在雨天，在窗前
或者与你擦肩而过的瞬间

我总是留恋昨夜的月色
那些残留在蝴蝶翅膀上的记忆
在风里，已无声无息地飘散
秋正在草尖上慢慢爬行

掌心的冷在一寸一寸扩散
虫声寥落，水声绵长
如果我不曾回头
那些早黄的叶片会在谁的叹息中跌落

2013.9.17

不要试图遇见我

如果你看见我走上山冈
正好与落日相对，如一匹狼
落日的剪影很美
在我的注视中慢慢沉落
不要试图遇见我
当夜的黑弥漫，淹没你目光的围栏
我已走下山冈，穿过了平芜尽头的野杏林

如果你听说我在乡间流浪
默默走过灯火小屋，采一枚野菊
矮墙下的游戏那么热闹
熟悉的温暖在牵牛花的藤蔓上叮叮作响
不要试图遇见我
当灯光阑珊，照见你疲惫的脸
我已登上兰舟，转过了第一道飘满象征的河湾

即使你策快马，驾长风
等在下游我必经的老渡口，酒旗下
满饮一盏一盏的烈酒
不放过每一个忧郁的眼神

不要试图遇见我
如果你从不曾回头，一笑嫣然
或者临流，放一枚你亲手折叠的竹叶小船

2013.4.7

庙中一日

一

穿过城市的嘈杂与竹林的寂静
一道山溪，数丛蒺藜
和一些陌生的目光
然后，拾级而上八十一层台阶
只为坐在你的面前
默默无语，终日听一段梵呗
一只蝴蝶停在指尖，帘下无风
香烟袅袅如岁月的记忆
不经意地一次停顿
就碎成了丝丝缕缕的怅惘
在好雨初歇以后，几粒阳光
从佛的肩头，跌落在我低垂的睫毛上

二

有时候思考是如此苍白
比如与你相对

午后的阳光铺在我们之间
散发着世俗的温暖
从何处说起？
前世与今生都不是起点
虫鸣与月光也并非因缘
绕过一个个滑向嘴边的词语
在你的目光边缘
沉默如一片落叶
飘过一世世波澜不惊的水面
原来，你从容的微笑
才是轮回中不变的箴言

三

在这样的清晨，一段香烟
数声木鱼，就看见悠悠时光
穿过那道长长的廊檐
停留在野菊花的花瓣上
昨夜的一粒清露

仿佛你幽怨的目光的遗物
在隔世的窗前
把琴声一阕一阕断开
古槐上的新叶轻轻摇曳
新阳照见佛的微笑
一回头，仍见别时的落花满阶
才知远道而来，不为忘却

2013.4.29

山　寺

一

在你的檐下，木鱼声声
仿佛水滴心间
趺坐，焚香，指捻佛珠
红尘相去一念

二

白云抑或香烟，挂在檐角
谁歌一曲《竹枝》
蒲团，风铃，纷纷木叶
三生咫尺之间

三

跪在佛的脚下，无念无语
谁在心头一笑而泯

青苔，去雁，脉脉夕照
身外千山寂寥

四

默然坐在槛前，佛音如泉
漫过凌乱的发梢
暮霭，烛影，鸟鸣清远
新月云边徘徊

2012.10.28

诉 说

其实我真不知该如何说起，面对你
樱花般的开落太简短
新生的松针柔软得如同你此时的眼神
皂荚树上才刚刚挂起一串串荚角

我真的不擅长缓慢的叙事
门前的小河早已消逝
转过山坳，追忆的脚步便隐入那片竹林
风过潇潇如你临窗瞩望的衣襟

还是从时光打结的地方出发最好
即使一千年以后，依然
可以找到蝴蝶在矮墙上轻轻描绘的标记
以及燕子精心插在檐前的一段柳丝

每一次欲言又止，其实我不想说
没有你的那些日子，生活风平浪静

2012.5.24

那树海棠

我或许早已忘记
你开在清溪旁茅檐下的模样
那只是一场偶然的邂逅
穿过竹林、疏篱，以及
散漫堆叠、落满烟尘的旧词语

一脉小径悄悄爬进梦中
仿佛传说中的灵蛇
那时，长安城中的梧桐
早已长满新鲜的叶片，雨季里
回荡着千年不曾褪色的谚谣

本该及时写下我的心情
转身时，一只斑鸠从竹林腾起
飞向溪外深邃的原野
记忆之外的黄昏
夕阳正红，海棠灼灼欲燃

2012.3.19

书中的记忆

记不清何时与你相识
一抹烟雨拂过灿烂的桃花林
清荷池塘，疏疏竹篱
那半面笑靥就盛开在一阙琵琶上

你回头时，我不敢看你的眼睛
只因我的目光早已寸断
如何丈量你修炼千年的韵律
和那些细细密密的隐喻

最终，我选择独自坐在夕阳边沿
慢慢分辨来自桃林的风中
新燕的呢喃，雨湿花瓣的缠绵
以及那些经年未散的想念

2012.2.9

阅读的间隙

我们常常不经意地掩饰自己
拭泪的时候，背过身去
不让你看见我的眼睛
和睫毛上挂着的轻轻柔柔的忧郁

孤独总站在身后，不离不弃
即使坐在正午阳光明媚的窗前
茶杯上袅着清晰的暧昧
不回头，也能听见你絮絮的低语

有时执着于一个词语的意义
或者你陈述的语气
我们都有一颗过于敏感的心灵
多年后，无法忘记的却只有对视的瞬间

要不要在纸船的边缘上刻一个记号
提示今天风的方向与速度
只是穿过岁月，谁还会记得
我们的纸船泊在了哪一片青青草岸

那些夹入书中的红叶或蝴蝶
肯定与我们阅读的故事没有关系

2012.1.16

态　度

我无意忽略你的存在
在这冬天的丛林，穿过枝丫
阳光如一件老旧的衣裳
斜挂在你的肩上
而长椅安详，你的坐姿安详

偶尔有一片残存的枯叶滑落
如那些遥远的往事
已无法及时抵达阅读的页面
即使年轮清晰，无风无雨
重返干涸的细节也需要勇气和孤独

我只是偶尔出现的陌生人
很久以后，你手中香烟的味道
依然在丛林间萦绕
而我坐在不远处的长椅上
放在膝上的书始终没有翻开

2011.11.22

读书的形式

翻开的书只是一种借口
我的目光游离在文字之外
香樟树的树枝在窗下轻轻摇晃
却听不清她喃喃的诉说
关于雨，或者是毛毛虫的爱情

文字堆叠的方城里人来人往
高高悬挂的酒旗飘着诱惑的魅影
有时需要急速穿行
比如夜幕下冗长的荒径
幽光迷离的树林以及寂寥的黄昏

最终的结局总在预料之中
正如那盆紫罗兰的开放
季节的暗示早已爬满窗前
而红蜻蜓在此时飞来，栖在花上
便平添了几许意外的欣喜

掩卷时，你只看见我舒畅的欠伸
却没看见那纷纷飘坠的落寞

2011.11.3

老相册

翻开老相册的封面，就如同
推开故乡那扇斑驳的木门
泛黄的旧时光扑面而来
瞬间便淹没了我浅浅的眼眶

许多事我已遗忘，老旧的木格窗
暗淡了的花布窗帘
住在第三棵刺槐上的灰喜鹊
偶尔会双双歇在檐前的电线上
嘴对嘴，亲昵地私语
或者相互依靠，梳理翎羽

槐花满庭，曾迷离了我的眼睛
飞过竹篱的红蜻蜓
是否停在了那一茎青荷上
屋上的袅袅青烟，那温暖的柴火味道
告诉我，还有什么我已忘记

灯下，不愿碰触那些凝固了的往事

怕惊散了阴影里蜷伏的乡情

溢出窗外，融化在街头绵绵的阴雨里

2011.9.30

如果一定要回答

如果一定要选择，我会说
在暮色将起时下雨
看一双燕子卿卿飞回巢穴
或者春半，夕阳熏黄
正慢慢隐入山弯里的那片竹林

最好是坐在窗前，好风习习
数那樱花树上飘落的花瓣
忽略乌鸦和喜鹊的预言
一只黑斑瓢虫停在指尖
谁能说得清前生今世的异和同

长长短短的书卷，凌乱堆积
无论精彩或者平凡
漂浮在文字表面的人生，总是像
童年放入门前溪水中的纸船
很久以后，却只记得邻家女孩的眼神

可以沧桑了吗？如果一定要回答
我会说，等雨过天晴

2011.8.15

一场未经商量的雨

夏日午后的阅读缓慢而悠长
凝固在字里行间的旧时光
被声声蝉鸣刺破
一些陈年的忧伤流出，如烟
或者窗外梧桐叶上的光斑

那时，我的目光正潜伏在窗帘后
沿着红蜘蛛画出的线索
追溯唐朝的一次艳遇
一丝阴霾跌落在展开的黄卷上
来不及拂拭，雨已扑面而来

这场未经商量的雨
瞬间把小屋变成了透明的水箱
我在箱里，与往事保持安静的距离
当年的雨淘尽了远去的脚印
也荡平了海棠树下新垒的坟茔

或许那场雨只是虚构而已
文字上模糊的水渍，不是预言

与这个午后的倾城之雨无关
我有些担心那些长着轻薄翅膀的蜻蜓
以及山后浅草中正在化蝶的蛹

雨住时，窗下盛开的海棠定已凋尽
而芭蕉与绿萝将会疯长

2011.7.21

刺客的故事

我反复地想起那些草地和树林
行人稀少的街道
安静的海滩以及远处沉默的雪山
带刺的青藤挂满黑莓
如我此时穿过玻璃窗的眼神
散发着夏天忧郁的甜蜜

海棠正在凋落，夜雨之后
窗下积水中的嫣红
仿佛梦中的尖叫，即使枕边人
也听不懂那刺目的疼痛
不要追问我为何沉默
谁能算得出一千年眺望的距离

苔藓有着朴素的欢喜，一抹艳碧
在阳光的背面一寸一寸铺陈
越过零乱的青石，雕花的墓碑
腐朽的树干或者细腻的白玉栏杆
宛若我描述你的语气
灯影之外，是陌生的平静

刺客的故事因失去细节而苍白
唯有穿插其中的爱情
如草地上散落的蒲公英
在字里行间掀起一层层涟漪

2011.6.27

一只蓝色的蝴蝶

我在这书的最后空白处一次次沉吟
忽略了夕阳，忽略了落叶
也忽略了在耳边游走的时光
她若隐若现的足音
是鬓边暗自滋生的白发
与树林深处开了又谢了的野菊

许多话最后还是无法说出
一声叹息是最有深意的结论
正如飞过小池塘的杨花
委落阶前的柳絮，老渡口的风铃
还是在宋词的月光里最有情韵

于是静默的独处便可以有许多隐喻
夜色背后的雨总是那么多情
过眼的旧时风景，枯燥的鸦鸣
以及春天疯长的蒲公英
如灯下一粒粒在指尖旋转的佛珠

不说你也猜得出，合上书的瞬间

一只蓝色的蝴蝶正飞过我的心，翩跹成韵

2011.6.11

我们那么近

我们相去那么近，一睁眼
就能看见你睫毛上细小的梦痕
甚至一些秘密的忧郁
伸出手，任凭触角水草般疯长
却始终无法触及你的心跳

也许那只是一个缥缈的幻象
我坐在你的对面，亲密的距离
雨后，门前的小径鲜洁
紫罗兰刚刚开放
远处的草地，一群乌鸦飞去又飞回

其实，时光就潜伏在乌鸦的翅膀下
黎明与黄昏只是一种温暖的仪式
我们已无法返回现场，穿过雨季的岁月
如青石和树干北面的苔痕
一天一天在眼角堆积，无悲亦无喜

2011.6.1

丁香湖畔的黄昏

当我终于站在丁香湖畔的时候
夕晖脉脉，湖水泛着微澜
暮霭还藏在眼底
把缠绵留给归鸟的翅膀
沿着湖岸蜿蜒的廊桥，是风的舞台
此刻，一对身着婚服的恋人
正在彩排未来的生活
岸柳的枝条已变得柔软如丝
桃树枝上一粒粒细碎的粉色
是春天浅浅的耳语

湖上一片帆影，是谁
不怕这风的料峭和湖水的寒冷
那透明的帆船如此轻盈
就连尖叫也无法复制它的痕迹
一串串夕阳的微光
省略了多少冗长的追溯，我听见
心如种子般钻出皮肤的声音

2011.5.9

习　惯

面对粗暴或者冷漠的面孔
我习惯安静地转身
不抱怨不伤感，也不愤世嫉俗
就如同早晨掀开窗帘
却没有阳光照进来，我也同样
开始为今天的时光煮一壶香茶

我已习惯安静地面对艰难
就像在暗夜里睁着失眠的双眼
没有缥缈的月光，暗哑的虫鸣
甚至没有一段温婉的回忆
可以用来装点空白的天花板
我也同样为好梦准备一座花园

是的，我已习惯
在冷风中用两只手相互取暖
把寂寞像稻草人一样
安放在有风经过的田野
任凭黄昏一遍遍把背影淹没
许多年后，你也会习惯我的沉默

2011.3.10

安静地坐在阳光下

这一刻我不打算掩饰
安静地坐在有阳光的窗前
把心中的喜悦、悲伤或者厌恶
原原本本地说出，像你一样
大笑，哭泣，用衣袖抹去泪水

在你身上我看见自己
曾经的影子，站在白玉兰的枝头
我想用一个比喻来表达
比如夏虫的低吟，蜜蜂的翅膀
喜鹊的预言以及漂过字里行间的纸船

如果我就这样沉沉睡去
错过了夕阳，甚至昙花开放
不要轻易叫醒我，谁都不能预设
记忆中的明月何时升起
就如你，不知何时会出现在我的梦里

2011.2.23

小城记忆

请不要问我小城的模样
如果我刚刚醒来
残留在眼底的梦痕
只是她十二年前的蓝布衣裳

春过细细雨，梨花满阶
秋来剪剪风，桂香盈巷
踏着汉代乐府的节奏
她在春雨秋风中楚楚动人的回眸
只是我刻意精心裁剪的记忆

因为远离，故乡的小城
安静地泊在窗外清晨的薄雾中
或者月下的流云间
偶尔才会听到清脆的自行车铃音
当邮递员把一封信塞进门缝
不经意颤动的指尖
碰碎了茶杯里夕阳的倒影

2011.1.22

第二辑

这样的你

我只想躲在你的文字里
枕着寂寥睡去，今夜有月如香兰
一双蝴蝶正穿过竹林
那一池的清，我的心能否装得下

雪　后

一脚一脚踏在积雪上的声响
仿佛年轮碾过我们的掌心
来不及捂住疼痛
碎断的时光，已散落满地

雪地上飘忽不定的晶莹光羽
引人遥想当年
除了一些残垣般荒凉的字句，当年
其实只是挂在眼角的一粒尘埃

或者是左脸上那枚越来越暗的斑点
就像青石上失水的莓苔
无论手指如何挑逗
不痒，不痛，也没有隐约的悲欣

终于可以仔细端详身后的脚印了
这些尾随我们一生的精灵
当小麻雀们也呼啸而去之后
便成了这雪地上唯一的风景

2010.12.10

远山意象

你的忧伤藏在雪豹的眼睛里
我看见那些留在山岩上的脚印
装满十二月的阳光
除了一些隐隐约约的余温
斑驳的文字早已挤不出一点激情

枫树的叶片红了，白桦林的表情抽象
当一片云飘过山顶的时候
我仿佛听见野蒺藜吃吃的笑声
意味深长地消失在山脚下的阴影里
如一片落石滚进千年的枯井

一只年轻的羚羊或许正经过山坳
我有些担心绝壁上苔痕的湿度
就如担心你长久的瞩望
是否还经得住倾泻而下的阳光
以及缓缓飘过的枯叶的背影

雪豹依然没有出现在最高的山岩上
我欲归去，却看见你在镜前

用黛笔轻轻一抹

十二月的远山便立即生出了几许妩媚

2010.12.4

正午的情绪

凉风穿过发梢，落叶纷纷
十月挂在橙黄的橘园
安静得如同水面的暗香
若有若无的往事在林间游荡
却始终没有穿过那道低矮的篱墙

谁也不愿打破这难得的沉寂
蝉隐在橘园深处
慢慢换上它的最后一件新衣裳
小黄雀枯立在东边的篱笆上
眼睛里倒映着清澈的云影

穿过绵延的高粱地
我的目光跌落在桥畔的秋草间
惊起几枚飞絮
缓缓飘向遥远遥远的记忆

2010.12.3

记忆之外

我在何处与你相遇
春天的溪畔
还是那片秋天的银杏林
是你孤独的背影
还是人群中你回眸的微笑
牵引我的脚步走向遥远

烟雨迷蒙了迢迢来路
记忆之外
你的美丽与忧伤我看不见

2010.11.11

岁月之痕（组诗）

窗下的光影

奶奶一直坐在窗下的矮凳上刺鞋底
穿过檐前那棵桂花树的枝叶
日光的影子挂在南墙上
五色斑斓，我的愿望其实很小
那时，一次一次扑向南墙
只是想摸一摸她透明的羽毛

早已不再追逐那眩目的光影，如今
看着日晷上的阴影慢慢旋转
我只是捡起一些被人遗忘的文字
趁着夜色擦拭，小心安放
窗下的月光如水，一次次泛滥
淹没了纸上深深浅浅的叹息

当一缕阳光穿过巨石阵的中心
多年以后，我想我不会在旷野上独行
或许只是坐在檐前的桂花树下
那里，曾经是奶奶刺鞋底的地方

面向南方，闭上双眼
把早晨新鲜的光影抱在怀里

记忆向南

儿时的记忆是烟雨中的柳叶船
摇过江南曲折的水巷
泊在窗下今夜水岸般的灯影边沿
那些清歌拂落的花瓣
隐约的催眠曲，以及飘过荷塘的暗香
在素绢上留下许多莫名的褶痕

记忆向南，穿过北方星辰寥落的夜空
土狼在丛林深处徘徊
山岩后看不见麋鹿轻灵的眼神
我的脚步沉重，羽衣零乱
一世的尘土在眼角堆积
掩埋了小桥畔回眸一笑的妩媚

船桨激起的泠泠水声终夜不息
多少文字可以铺就一条返回昨天的路径
北方的冬天不开青梅
夜风匆匆踏过芭蕉的时候
也带走了落雪的提示
唯有那一段烛火，夜夜点亮寂静

袖底秋凉

你的目光轻掠过水边的丛林
仿佛如风的忧伤
在那些散漫的叶片边沿
沉淀出微微战栗的枯黄

秋凉不经意地从你的袖底溢出
给远天的雁影涂上几许青黄
你还会停留多久
疼痛正在水草的叶片上缓慢爬行

或许当黄昏淹没了你的眼睛
我已远离宋时的江南
隐在勾栏涌动的人群深处
听说书人演绎千年后的那次偶遇

那　时

那时我隐居在江南小镇
夜夜燃一段楚竹
把梦安放在柔软的芦荻花上
听竹林里夜雨的脚步慢慢远去

那时你在北方，养育一株紫罗兰
穿过玻璃窗的阳光散漫而温暖
你的红裳轻盈
如一片漫过芭蕉的彩霞

那时我们之间相距遥远
我的想象在溪桥畔的新柳上徘徊

你的紫罗兰是否爬过那年冬天
多年以后，我依然无法预知未来

槐花落

那是多年以后的事情
当一串槐花随风跌入我的怀里
停下浊音缠绕的脚步
只是一抬头，就看见你
在似雪的槐花中敛袖而立

记忆的藤蔓还未爬过三月
泊在新叶上的阳光也那么安静
就如此时你的眼神
穿过三千里云烟，十年远别
我已无法相信时间的陈述

想给你一个如同当年的拥抱
最终却只是伸出了右手

还是让我们并肩走进这片槐林
一缕香过，两襟风暖
任槐花雪淹没身后长长的背影

往　事

月光玲珑，挂满秋夜的树梢
一枚落叶缓缓滑落
在我抬头凝望的瞬间

是往事的背影么，今夜
谁为你的经过预设了伏笔
不闻风铃，记忆的古道无人经行

手中的笔尖始终停在最初的起点
猜不出那履痕间跳动的节律
是不是我已忘记你的容颜

露珠滑过竹叶的叹息

一点一点隐入翻开的书卷
在宋词的水面幻化成烟

圆润的波痕萦绕指尖
几行小字在灯影间微微颤动
窗外，虫声淡薄，寂寥无边

2010.10.27

喝下午茶的时光

淡蓝色玻璃窗外是另一个世界
来来去去的汽车，匆匆而过的行人
在我偶尔抬头张望的瞬间
安静得如同母亲怀中的婴儿

往事只是若有若无的气息
如你指尖上的玫瑰红
即使隔着一盏茶的距离
我的目光依然可以抵达那年的雨季

我仿佛就站在那些曾经的路口
九月的风中弥漫着菊香
在你慢慢举起茶杯的时候
再一次扑面而来，而故事还没有开始

2010.9.5

多希望我从未曾离开

我到底离开你有多少年的距离
即使如今夜，星稀月朗
却依然看不清窗前你站立的姿势
竹枝燃烧的青烟飘向哪一个方向

只是时常还会想起炉火旁你的低语
抬头就看见院子里的蝴蝶花
西墙上云影忧郁的眼神，缓缓滑过
正如此时远村里隐约的一声犬吠

多希望我从未曾离开你的身旁
这样的夜晚，抱一怀清风
陪你对半窗迷蒙山色
细数月光穿过竹林的泠泠足音

2010.7.27

月夜过旧乡

匆匆行过曾经小住的旧乡
月色轻薄，缥缈了记忆中你的庭院
你在窗前小坐，还是院中独望
有没有记起我曾为你唱的《杨柳枝》

多想轻轻推开那面虚掩的红扉
月下庭前，再一次与你共对纷纷落英
听你诵《归去来兮》
看烛光一寸一寸燃尽残夜

但我却无法停下这奔跑的车轮
就让那桃林间低回的夜风
摇响你窗前的紫罗兰，记得深巷间
一声犬吠，我正经过你的窗前

2010.7.20

旷野深处

怎样的姿势才适合穿过霭霭暮云
我已看见江畔摇曳的芦荻
还有那梦境般温暖的曲折沙岸
一点渔火，是不是你醒着的诗心

江渚上为何听不见你悠长的吟唱
太久的远行让心上落满尘埃
千年之外，即使我燃烧所有的落叶
也化不尽桃林上那一抹寒碧

细数一路拣来的花瓣，旷野深处
怀想那些饮风如水的流年
不要淹没我星光般小小的寂寞
脚下的浅草微微战栗，是谁在叹息

2010.7.14

蒲公英飞过的下午

榆树北枝上的蝉还没换完衣衫
云影缓缓爬向东边的丛林
水边的蔓草正摇曳紫色的花穗
当一枚蒲公英飞过我的窗前

那是谁的幽怨回眸，或者叹息
穿过长长的记忆飘落今生
唤醒栀子花上我蜷伏的思绪
在寂寥的夏日午后，涟漪般荡漾

任凭我的目光缠绵如缆
却系不住蒲公英轻盈如梦的翅膀
风过屋檐，榆树轻轻翻动叶片
一只蜘蛛悬丝而下，砸断目光的缆

2010.7.15

雨林的记忆

阳光如你离开时回眸一望的眼神
只在寂寥的梦中偶尔重现
来不及诉说，我的思念如雨
在无尽的岁月里绵绵不绝

不要对我提起一万年前的相遇
记忆深处的湖畔没有花开
苔痕肆意蔓延，爬满寸寸山石
甚至那些眺望你的高高云杉

往事已如烟，只在不雨的清晨浮上层林
海上吹来的风无心地掠过眉梢
让我想起你湿漉漉的耳语
雨林深处，一只麋鹿正缓缓踏过涧水

2010.6.23

见　佛

踏着落花的足迹，我来山中见你
不为功名，功名早已化作烟云
散在唐朝的传奇里
不为前生，前生我早已忘记

月夜窗下的竹影，薄如蝉翼
掩不住流风浅浅的叹息
简牍中古典的宁静
断如裂锦，我该如何补缀

燃一炷香，随袅袅的香烟归去
在隔世的黄昏与你相对
疏钟透过木格窗
禅意玲珑，在你的指间颤动

2010.6.9

古城三月

垛口旁的眼睛已化作天边的辰星
青苔掩埋了战马的蹄印
春雨殷勤，在我到来之前
洗去了古往今来无数登临的叹喟

离离春草上住着多少异乡的魂灵
一年一年总开满蓝色花穗
不要吟唱当年的谚谣，我不是故人
在千年之后的城台上拒绝回忆

幽燕的呢喃妩媚了铁血的情节
烽烟里的笳音渺若春水
谁还会细数古城三月的点点飞絮
垄上杨柳又青青，无人经行

2010.5.29

远去的雨季

你讲的故事如此动人情肠
我如何才能转身回来
夕阳融融，漫过窗下的那树梨花
妩媚了故纸里的半壁河山

城阙苍茫，看不见雁去雁来
青青苔痕爬满时间的驿站
我的快马踏花而来，雨季之后
你的兰舟却早已离开

枝头的花叶上是否暗藏幽恨
你的叙说没有伏笔
也许我该循着落石追问
只是晚风流香，往事在万重山外

2010.5.23

落花时节

我的眼底倒映着天空深深的蓝
即使弥漫经年的雾霭
依然可以看见燕子穿过桃林
蝴蝶正追逐一枚落花，飞过曲水

无需登临，暮光般缓缓踏过溪桥
如约而来的第二场春雨
总会勾起重重心事
你是否还记得铺满落花的青草地

任凭你脚步轻盈，合掌如莲
还是接不住这纷纷似雪的飘零
每一朵花上都住着一颗诗心
落花时节，有多少诗句随水流去

2010.5.18

春天的眼神

那些我叫不出名字的小鸟
在丛林边缘婉转歌唱
一抹蒙蒙新绿
温柔了我冬来僵直的目光

让我放慢匆匆的脚步
听小草浅浅如星光的心跳
那嗡嗡而过的小蜜蜂
歇在了路边的第几朵蓝色花上

轻盈的风掠过我的肩头
隐入了深深的丛林
是谁掀起枝头的那片新叶
我看见春的眼神，朝露般莹亮

2010.5.14

远　春

昨夜我行过迢迢溪山
站在你旧时的门前
竹篱疏疏，那扇红扉虚掩
小鸟的晨唱却把梦惊断

她们该是在欢欣春天的到来
窗前的晨光如澜
只是月隐东山，露湿空阶
心上忽生轻轻的寒

园中的桃花已烂漫盛开
东风一夜殷勤
绿了驿路上树的枝干，回时匆匆
凭谁问：梦深处有没有花开

2010.5.10

江之南（组诗）

古　镇

如一只旧时的幽燕重回
我穿过古镇的街衢
垣墙上的雨痕，青石上的苔斑
让我记起曾经的落花时节

熟悉的韵脚一阕一阕溢出眼帘
在老柳树的新绦间无尽缠绵
那面雕花的木窗依旧半开
我的身影如烟，不惊落一枚花瓣

桃花汛带走了多少个陈年
千年小河水潺湲
薄雾的清晨，微雨的黄昏
你的乌篷船是否还会缓缓摇过来

水　乡

那是你沉郁多少世的柔情

望一眼，我的心便寸寸消融
作一尾小小的鱼好吗
在你小河的水草间，堰塘的莲叶下

诗律般踏过石拱桥的女子，一千年
波光里依然荡漾着她的身影
曲曲折折的青石岸
哪一处是我前世系舟的旧津

夕阳无心地翻动细柳，随波潋滟
我的倒影飘过青檐下的白墙
西窗前，你浅浅的吟哦
婉约轻曼，逐风飞向桥南

小　桥

因了你的临照
每一段流水便平添几分娇媚
殷殷夕晖里我托钵踏过

几枚落花牵我襟袖

桥头的垂柳，桥下的苇丛
岁岁把旧事重提
三月桃花雨中飘过的花纸伞
是否已抵达那座小庭院

数重曲后，谁轻展素娟淡抹云烟
隐没了桥外迢迢蹊径
唯有这阶下的青青苔痕
一年一年爬满我心

庭　院

我该如何翻越这如醉的湖山
五百年遥远的阻隔
你旧时的庭院烟雨迷蒙
青石小径，几枚落花低回

清浅的小池装不下太多沉想
一只蝴蝶盈盈飞过月门
你是否还记得青衣的吟唱
茶幽淡，一曲便老了檐下的海棠

谁环佩叮当，穿过重重门廊
为你在西厢梳理云鬓
午后的阳光在芭蕉叶上缓缓滑行
如我此时淌过简牍的目光

桃花落

那片桃林依然在素绢上生长
一脉远山如带，一江碧水潺湲
年年春风吹过窗前
你总把相思般的绯红举上云端

三月的风抚不平心上经年的褶痕
还记得当年乘月穿过桃林

露湿浅草，雾袅幽芳
你呢喃的花语让我温暖地哭泣

在季节的轮回里远远眺望
一场小雨总是及时赶来
谁又轻舒广袖，拂落片片花瓣
多年以后，为我把今夜的远梦装点

飞　絮

三月的阳光轻轻滑过湖面
千年前我遗落的梦
波光里，依然水草般生动
我的小船却早已泊进唐朝的港湾

踏过断桥的足音泠泠如月
看不见长堤尽头你瞩望的身影
这杨柳间的许多春意
还有新燕的浅唱，我收取与谁

或许今生不该路过江南
风烟过眼，我的叹息也那么轻
穿过杨柳的芊芊新绦
只惊起几点转瞬即逝的飞絮

记　忆

你为何安排我生在江南
又为何让我离开
手臂上淡淡的梅花胎痕
让我怀念十二月江南冬夜的上弦月

踏过青竹掩映的第三座小桥
你的庭院月桂飘香
那温暖的炊烟和红窗后的凝望
烟霞般缭绕我登临的每一处溪山

梦中摇过莲塘的我的小船
满载了你的歌唱

来来去去无尽的岁月里

红蜻蜓般歇在我窗下的栀子花上

2010.5.8

过雷尼尔雪山

你远远地亭立在丛林那畔
青色的群峰间唯你一袭白色的衣衫
你是不是听见我心中的那声轻唤
一抹滟滟的霞光泛上你的面庞

爱怜你侧身他顾的娇羞容颜
多想化作晨昏的雾岚流连在你身边
或者变成那不息的长风
为你梳理云鬓，迢递飞雪般的花讯

注：雷尼尔雪山坐落在西雅图东南，是一座活火山，呈圆锥形，晴朗日，在西雅图也能远远地望见。2010 年 1 月 7 日，随朋友去西雅图东南小镇，与雷尼尔雪山擦肩而过。

望奥林匹亚山

你婉转在华盛顿湖的那边
如一幅展开的长卷，层叠的峰峦
新鲜的浅黛，仿佛刚刚点染
飘在山间的缕缕幽岚，月光般清浅
正如画中有意无意的留白

你缥缈在水上，如神仙境界
夕阳渐隐，湖水微澜，暮色将合
谁悬一叶白帆缓缓归去
唯余数只鸥鸟依然在湖面嬉戏
几声咿呀惆怅了痴望人落寞的背影

注：2010 年 1 月 5 日，去美国朋友凯尔（Cal）家做客，他家坐落在半山，面对华盛顿湖，湖对面就是奥林匹亚群山，傍晚时分，湖上微波荡漾，几片白帆，奥林匹亚群山笼罩在淡蓝色的薄雾中，宛若仙境。

夜宿邓吉内斯山林

指间仿佛触到松鼠长尾的颤动
你甚至可以听见树叶悠长的呼吸
黑尾鹿穿过浅浅的沼泽
那轻灵的身影
如你画扇后的眼神，暮光如流
一叠一叠漫向深深的密林

繁华一时都尽，唯余清风数重
绕林低回，缥缈的海上
是谁正鼓瑟吹笙
在梦的边沿模仿童年的摇篮曲
恍然中有夜雨敲打帐篷
嘤嘤如花下你的耳语

注：2010年3月24日至25日，在美国华盛顿州奥林匹克国家公园（Olympic National Park）的邓吉内斯宿营地（Dungeness National Wildlife Refuge）野营两天。营地古木参天，幽深静谧，太平洋紧邻其旁，全美最长的沙洲——邓吉内斯沙洲（Dungeness Spit）就在这里。当地特有的黑尾鹿偶然在树后一闪而过，让人心生爱怜。

在安吉利斯小镇

密林掩藏了所有的行迹
我的来路在每一个拐弯处折断
不管能不能遇到你
我已无法回到最初的烂漫花地
迷蒙的雨雾在高树间流转
如你千年前临别的歌吟

海水轻轻在林外泛着微澜
与那些黑色礁石恋人般亲昵
喁喁情语般的浪花堆满曲折的海岸
那幽幽的雾岚为何还不散去
一湾水迢迢
我的怅惘你看不见

注：2010年3月27日，游览美国华盛顿州奥林匹克国家公园（Olympic National Park）的安吉利斯小镇（Angeles Point），林木森然，海湾寂静，胡安·德·富卡海峡（Juan De Fuca）澄波微漾，对面是加拿大温哥华的鹿米岛（Lummi Island）。其时微雨迷蒙，颇牵情思。

登美丽暴风雪山

你的怀中堆积着万古的寂寞
可不可以从头对我叙说
群峰逶迤，雪痕斑驳
林涛隐约响在天际
一只黑鹰缓缓穿过雾霭
把一袭苍茫覆在我的身上

也许我该随山下的野草
一寸一寸缓缓爬上你的肩头
用我粉红的心跳呼唤你
直到你在春天的边缘醒来
夕阳迟迟，好风习习
就看见我的热泪溪水般流淌

注：2010年3月26日，登美国华盛顿州奥林匹克国家公园（Olympic National Park）的美丽暴风山（Hurricane Hill），暴风山海拔5757英尺，是奥林匹亚群山中的一座山峰，滑雪圣地。此时暴风山依然白雪皑皑，周围的奥林匹亚群山或与之比肩，参差错落，蜿蜒四周。白雪嵌在山峰，或散落密林北面。风景如画。

雨林的早晨

当细雨也停下了在树叶上的行吟
踏过苔痕蔓生的小径
我又看见可可河逶迤的身影
还是在老地方，转身一笑
仿佛千年前我离开时的模样
只是崖畔的那棵小杉树已满身沧桑

族人都已远去，只留下半片温暖的传说
裸露在沙地上，你是否依然在等待
那一缕阳光越过东山，照亮你的庭院
唤醒枯枝与落叶下花开般的渴望
谁在林间吟唱古老的童谣
歌声如岚，缓缓飘过层叠的树梢

注：2010年5月28日至31日，在美国华盛顿州奥林皮亚国家公园的雨林中露营，这里是古印第安Hoh部落的原住地。清晨早起，闲步至可可（Hoh River）河畔，时夜雨初歇，旭日隐约东山之侧，雨林中有白雾袅升，佳鸟啁啾。

在哈佛

不想惊扰你的宁静，我的脚步轻轻
目光如查尔斯河上的晨岚
悄悄飘过一座座红房子
甚至不拂动矮墙上的常青藤
哈佛园中浅浅的小草
我只想和着你的心跳，慢慢穿行

暖暖的初阳如你的晨祷，伴我
一蹊一廊，一庭一园
细数三百年漫漫光阴的履痕
如果可以，多想与你促膝河畔
听你论析如何察验真理
或者看河水滔滔远逝，直到黄昏

注：2010 年 6 月 27 日，参观了与波士顿隔河相望、坐落于查尔斯河畔剑桥城的哈佛大学。时清晨，旭日初升，查尔斯河静静奔流，穿行于哈佛大学一座座古朴典雅的红房子间，古树婆娑，碧草如茵，遂颇生幽思。

在独立宫前

踏过独立宫前的石板路
二百三十四年前窗下的灯火
倒映在石刻文字古铜色的水面
我的目光如一尾回游的鱼
穿越历史的烟水，在七月之侧
追逐那波光中隐约的记忆

九点的钟声敲响，悠长而肃穆
缓缓滑过夏日的胸膛
二百三十四年前那夜的钟声
是否也如此感动人心
斯人早已逝去，唯有传奇留存
恰如这无心的淡蓝小花，开满天涯

注：2010 年 6 月 25 日，参观了费城的独立宫，穿过独立宫前的石板街道，浏览其间镶嵌的文字，颇生感慨。

在海边小镇（组诗）

长　街

仅仅是偶然，我走进小镇
如桥头那片折翅的云
因你目光的牵绊，跌入溪水
湿漉漉的风迎面而来，豪爽而盛大
顷刻荡尽我身上异乡的燥热

在小镇的长街，我是一条幼小的鱼
走走停停，目光水草般滑过
那些朱红的店门，装饰着海星星的橱窗
停留在每一个挂满贝壳的地方
寻找记忆中那片海域的痕印

海　湾

那么安静，如一面蓝色的半月
泊在小镇身后，白天
海湾是小镇的背景

夜晚，小镇是海湾的头枕
几点灯火，如挂在月弦上的珠泪

海湾早已忘记阴晴圆缺的往事
来来去去无尽的时光
只在半梦半醒的清晨或者暮夜
缓缓漫过那一线沙际，又缓缓退去
如我想你时偶尔闪动的眼睛

望　海

寻任意一块礁石坐下来，或者
一片沙滩，堆满贝壳的碎片
我不与他们私密交谈
石隙中的小蟹，光滑的褐色卵石
我只想眺望海的深处，那天边的海

我熟悉那里的潮汐，每一棵水草
海上一座小岛，爬满青青藤蔓

那片海，你的红帆船无法到达
善飞的海鸟也只是偶尔路过
那是我的海，烟波浩渺，一望魂销

海上渔船

粒粒渔船悬在海天一线
仿佛先民那条结绳记事的捻绳
我的目光纤弱
解不开这绾结，悠长的叙述
是否提及海边小镇亘古以来的生活

远来的我没有携带一张精致的渔网
即使沿着卵石上斑驳的纹路
我也无法走入你的生活
还是让我独立峭壁，看长风浩荡
任鸥鹭来来去去，啼破夕阳

小镇早晨

小镇的早晨总有蒙蒙烟雨
无声无息地穿过梦境
捧一掬盈盈的清凉，等在你的窗前
那些凝在花叶上的水滴
枝干间的轻霭，多像你回眸时的眼神

太阳还在海底潜行，浅浅的呼吸
从天边缓缓漫上沙岸
青黛的软语在长街上萦回
石板铺就的街衢依然水痕泠泠
足音绵婉，谁家的女儿正走向海湾

小镇的味道

细细密密的阳光透过木格窗
落在我的衣襟上，是桃色模样
远来的疲惫，陌生的惊慌

在那茶叶的滚动中慢慢沉淀
小镇的味道在指间萦绕

老者脸颊上潮湿的太阳红
在紫砂壶上温热地弥漫，笑声高朗
言语中荡着咸咸的海风
夜的帷幔张开，我该如何收藏
渔家女儿那珍珠般的目光

2010.3.21

缓慢的时光

其实，我一直在这里等你
繁华深处，拥几丛黄菊
有时翻看那册简牍
西风吹拂，任夕晖一次次流过
重现你手指间的脉脉温热

夜来我也燃起数节青竹
细细研墨，缓缓为书
相同的落款，转眼已相去千年
你的地址变没变
沿着那一溪清流还能否抵达

萧萧木叶落满我疏广的衣衫
月光满怀，轻轻拨动琴弦
我想为你塑造桃花飘落流水的模样
时光已缓缓把素娟染黄
烟锁湖山，几人行在归来的路上

2010.3.26

那时花开

是谁在昨夜的梦中把笑声遗落
挂在窗下僵直的树枝上
几枚如豆的红艳，淡烟轻拢
数片如眉的娇绿，幽露微蒙
晨光中犹自怯怯低回
春天就这样站上枝头
当我依然等待一场雪降落的时候
一抹暗香已沿着琴弦漫过来
料峭的足音还在火焰上跳动
告诉我，哪条是通向桃林的秘径

多希望及时抵达那次朝雨的现场
如果此刻就披衣出发
怎样的轻盈才能横渡无涯的过往
千年寥落的门虚掩
不能陪你盛开，至少伴你凋落

2010.3.24

何处安放

我多想一跃而入你的幽蓝
融化在你浅浅的呼吸里
哪怕变成一缕若有若无的脉痕
或者小小的一条花蕊

月光下那轻盈的翅羽
是否经得住二十年堆积的俗尘
还有心中些许莫名的惊慌
夜凉如水，我如何与你说起

一声乌啼惊醒几处残梦
红湿关山，我该在何处把你安放
悄悄埋进寒寂的心底
还是高高举上枝头，盛开一季

2010.3.23

槐树谣

让我以飞翔的姿势回到你身边
像一片云，略带忧伤
让影子残梦般若隐若现
不打断那些长长的鼾声
也不惊扰窗下依然亮着的灯火

我的目光水一样流淌
轻轻溢满你深深浅浅的沟壑
雾岚般我的忧伤，漫过小桥
只在你的层峦间流连
还你，宣纸上如画的模样

月华轻柔，桂香般穿过指间
熟悉的童谣还在竹林中缥缈
老槐树的枝头，祖先的魂灵醒来
喁喁的低语随风纷飞
落在我的血液里，成殇

2010.3.22

故乡那座高高的山梁

梦里我登上故乡那座高高的山梁
坐在曾经伫立的山崖上
偶尔抬眼一望，烟云浩荡
风迷离，思悠长
谁还会记得当时随风起舞的模样

我的目光仅仅向下一秒
就抵达山下熟悉的田园和村庄
小路总是沿着树林奔跑
那么安静，仿佛我从未出现
仿佛那轻岚仍在唐朝缥缈

不要在我耳边轻轻说起当年
当年手植的柳树已过十围
游丝如腰，絮絮如烟
而你在哪一处渡口临风沉吟
当渔唱在暮烟深处青蛇般游走

天边的云影往事般黯淡
我的灵魂善于在时光的背面潜行

你知不知道，山谷中开满杜鹃
她的艳可以点燃冰冷的目光
一只蝴蝶飞来，落在我染香的发上

2010.3.20

青春已随水流去

一场淋漓尽致的大雨过后
突然发现，我的青春已随水流去
那鲜丽如叶片般的青春
我曾自豪地高高举起，哗哗挥舞
就那么轻易地枯萎，零落
在来路的泥泞中泛着伤感的枯黄
我曾以为树干般强健的手臂
竟无力挽住飘过窗下的一缕清风

其实，我不在意青春的流逝
我只是忧伤不能像从前一样奔跑
穿过雨中没有脚印的红森林
坐在高高的山崖上看流云来来去去
把纸船飘在长长的发上
我只是想找到一块小小的青石
记录这场大雨的过程
然后把它放在山冈，或者沉入海底

2010.2.27

你是否看见

总是低头匆匆走过一程又一程
未曾留意路边闪过的一眼眼窗棂
是否透露温暖的灯火
也未曾留意那些沉默的树木
怎样把各自的心事花一样挂上枝头

你已经看透了那些招摇的酒旗
醉意虚假，而驿路的梨花
早已飘零在遥远唐朝的那场雨里
小桥边没有等待的油壁车，流水无声
那面朦胧的半月正隐入寒沙

熟悉的钟声已远远消失在前世的黄昏
星光下醒着的秋虫还在沉吟
溪山寒碧，寻一处乌啼缓缓归去
风起时，你是否看见
一串飞絮，依依，欲牵你染尘的衣襟

2010.3.19

远行的记忆

风去远行，而我只是从书桌走到窗前
窗下是一片草地，几棵桃树
更远处是丛林，丛林后有没有河流
或者村庄，我的目光无法穿越
就像我的述说，并不能抵达你的内心

多远的离开才可以遗忘或者怀念
那些小草，从早春到晚秋
生命的过程，算不算一次远行
那些桃树，花开花落之间
我的爱怜与她向上的高度无关

万水千山，一步一叩首取回经卷
或者从青瓷枕上开始，穿越穷达
暮光中他们归去的身影
你是否听到宛若梅开的歌吟
即使倒映在泛黄的故纸上，沉淀千年

远行其实只是一种经历，归来时
拂落尘烟，但我们往往不说走了多远

2010.3.15

旧风景

我一直盼望能听见一声燕的呢喃
或者看着她优雅地穿过檐雨
在这漫无止境的冬季
牵引我的目光，越过那片寂寥的丛林
甚至，丛林后的田野和层叠的峰峦

一次次走进丛林，用不同的心情
试图找到一些关于雪的记忆以及风的踪迹
唯见苔痕青青，梦呓着雪的冷媚
风只是在丛林深处环佩叮当
我看不见她拨动树枝的手指和飞扬的裙裾

还是不要再继续前行，丛林深处弥漫着更厚的孤独
小松鼠或许又在数剩余的坚果
乌鸦早已离开巢穴，甚至没有梳理翎羽
你也肯定不会在池塘的那端
小立沉吟，穿过丛林的小路唯有落叶堆积

2010.3.14

挂一弯新月等你

就这样坐在窗前等你
房门虚掩，也不燃红烛
怕那摇曳的烛光也会惊扰你的脚步
我只是煮好一壶清茶
高挽帘幔，把一弯新月挂在窗前

风悄悄拂过庭前的池塘
吹皱莲叶上那层薄薄的轻霜
我仿佛听见你清冷的足音
凝露般滴落芭蕉
惊起梦中的白蝴蝶，向月翩跹

我的手指已触到你幽兰般的气息
如落英拂过筝弦，阑珊了夜色
一片叶可以记录多少心事
一缕香可以装点多少这样的夜晚
你来，是否还着那件旧时的衣裳

夜已深沉，谁还会在窗前翻动红笺
拂落几缕幽淡的思绪

不管你来还是不来，这样的夜晚
我都会坐在窗前，等你
把一弯新月挂了一遍又一遍

2010.3.16

遥望我的村庄（组诗）

暮　归

竹林边青瓦白墙的小屋上已升起炊烟
小黄狗在院坝边来回奔跳
一两声轻吠，摇落一川殷殷夕晖
斑斓了暖井畔汲水人的笑声

让我走上山冈，在这样的冬日黄昏
远远眺望你回家的身影
你正归来，如一枚五线谱上的音符
踏过那些暗红色丝带般的田埂

冬日麦田

太阳缓缓爬上东边的矮山梁
轻轻掀开麦田上那一片片透明的晨岚
我看见嫩生生的麦叶上
都有一枚清露，眼睛般闪亮

谁吱呀一声推开朱红的院门
穿过坡下的曲径，走进这盈盈的麦田
旱烟斗上火星一闪一闪
浓浓的烟味就熏醉了山村的早晨

黄角树

一脚跨出院坝，即使雾霭沉沉的早晨
我也能看见那三棵黄角树
站在对面的山坡上，小学校门前
守望着那条蜿蜒而来的小路

总有绿荫如盖，总有角叶可采
总有惊奇躲在树干后面
只是老师不让爬上它高高的枝头
眺望那烟雨蒙蒙的远山之外

生长铁鞭草的小路

窄窄的小路如轻柔的虹
飘在我的村庄
串起一座座房舍以及一片片田地
绕过竹林和有翠鸟守望的水塘
一直蔓延到他乡我的梦里

小路两边爬满青青的铁鞭草
茎如丝，叶如缕
根如蚓般深深地钻进泥土
把这些虹一样飘着的小路铆定
即使梦中踏过，也那么安稳

菜花黄时

屋后的李花开过，院坝前的桃花凋落
我的村庄才把最艳的裙裳穿上
那油菜花艳艳的一抹轻黄
总让我的梦幽燕般归来，逐香徘徊

素朴的小蝴蝶，嘤嘤的小蜜蜂
不知该在哪朵花中停驻
牵着几缕阳光漫过一坡又一坡
它们没留意，我的姐姐正静静穿过花垄

小　河

小河边的黄昏如此静谧
我甚至可以听见你温暖的心跳
如这河面，没有一丝颤动的波纹
一只小鸟横飞过小河
消失在对岸暮色苍茫的田野

转过身，我看见你的侧影
如烟的夕晖挂在睫毛上
模糊了远远近近黝黑的山冈
芦荻无语，只让一些轻轻的花絮
有意无意地飞过你的头顶

秋收后

夕阳懒懒地歇在新扎的草垛间
紫蝴蝶正飞过片片水田
追逐稻茬上那生生涩涩的嫩香
老水牛泡在树荫下的池塘里
偶尔摇晃尾巴，掀起一阵哗哗的水声

清凉的风已绕过丛丛竹林
把缕缕轻烟散在对面的山坡上
谁家院门虚掩，清寂无声
石桌上的那把茶壶如倦睡的猫
一只红蜻蜓悄悄歇在壶顶

穿一件大红的衣裳回家

拭去脸上他乡的尘烟
还背起那个离家时的行囊
把思念以及一些痛轻轻捻碎

洒向窗外的漠漠黑夜

现在就开始用乡音说话
母亲听不惯我异乡的腔调
再穿一件大红的衣裳
回家，让红红的喜一路流淌

2010.3.13

掩　饰

我该怎样掩饰这长长短短的惊慌
如果我经过那株青梅旁
急促的心跳惊散了梅的幽香

一只小雀斜斜地飞过树梢
停在那边的青石上
而你正好掩卷倚窗，无语凝望

隐秘的心事如鱼无心地摇动残荷
一闪而过的半圈涟漪
你让我如何装进这浅浅的袖底

如果此时下雪那该有多好
白了山川，浓了梅香
也好把我的惊慌小草般悄悄掩藏

2010.3.12

在咖啡屋

坐在四楼的星巴克喝咖啡
咖啡色的玻璃窗外
尘世仿佛一张旧时光的老照片
街角处，是谁等在红绿灯前

从咖啡杯里袅袅升起的白烟
藤蔓般在记忆里攀援
一些小黄花次第开放，越远越小
如那只雏燕飞过时的一声唧唧

轻呷一口咖啡慢慢咽下
淡云般的涩缓缓爬向遥远的指间
零落了花瓣上的那一抹残艳
正逐风而过疏疏的篱墙

微漾的咖啡揉碎了凝固的目光
多少咖啡可以消融一段旧时的褶痕
红绿灯已多次变换
那穿风衣的女人为何还没有穿过斑马线

2010.3.10

隧　道

梦中我正在向远方坠落
四周充满无边无际空洞的黑
我不知道正飘向哪一个终点
向下的渴望在舌尖上蔓延

恐惧在回味中渗出快感的甜
猫头鹰睁一只眼闭一只眼
在我经过时突然一跃而去
铜色的回声涟漪般在黑中荡漾

一颗流星以水滴的姿势跌落
画出一条完美的直线
我无法判定是否正与她平行
冷冷的风穿过头发后在脚心凝结

仰望的瞬间我看见晃动的水面
墨一样化开的黑，一丝丝纠缠在光线上
越远越淡，才发现
我一直裹在那粒黑里慢慢升腾

2010.3.5

忆雪（二章）

一

寒冷已填满冬天所有的缝隙
阳光纸片般轻薄
斜斜地挂在矮墙南面
目光轻轻一触，就滑落下来
碎成一地萤火般的鳞片

一只小雀枯立枝头，久久不去
是不是在怀想远去的飞花时节
那些偶尔落在羽翅上的花瓣
多像爱人梦中的莺莺呢喃
那些浓密的绿荫，多像一座宫殿

这样的时候，我便开始想念雪
站在那方紧闭的小窗后
蠢蠢的想念，如等待化蝶的蛹
慢慢咬开优雅的伪装
舒展轻灵的翅，曼舞云天

当雪飘落，如风过三月的樱花林
我会打开那方紧闭的小窗
让雪的芬芳填满小屋
埋藏我积郁已久的忧伤
还有那沁人心脾的凉，让我心生渴望

然后，我将收起所有秋来零落的枯叶
等你趁着月色悄悄到来
着一袭大红的衣裳
缓步踏过，踩两行浅浅的脚印
一直到我梦中的老地方

二

穿过玻璃窗照进来的阳光
如爱人的抚摸，让人迷醉沉想
树的秃枝，草的萎黄
让心生恹恹的倦，如枯井中的苔藓
向着那一点光亮慢慢生长

多想今夜有悄悄的落雪
给没有云的天空种一些野百合
给僵直的树枝挂一串透明的风铃
给枯老的草地一身高贵的华服
再给我，给我一丝彻骨的凉

是的，给我一丝如剑锋上闪烁的凉
剑一样刺进那些我不愿触及的伤
然后融化，在层叠的枯叶下
唤醒沉睡已久的翅膀
下雪的天空总是飞满新鲜的幻想

也许我会乘月而出，踏过原野
找寻那只孤雁并不完整的爪印
一树梅花，一曲柳笛，一串浅深的足迹
带我回到遥远的记忆
那时的天空一直有雪飘零

2010.3.8

山居的想象

你如一只美狐，月色蒙蒙的永夜
只在我冷落的窗前一闪而过
梦里梦外的园田，我已来去千遍
却再也找不到你的影踪

人们传说你在一望不尽的山中居住
青峰下，竹林里，花溪畔
朝朝暮暮，当轻岚如梦般飘飞
你在那竹影摇曳的窗下梳理云鬓

我是否该趁着如烟的月色而来
躲在那片最小的竹叶北面
看你飞花般起舞，听你落叶般歌吟
然后伴你穿过竹林，如蝶般轻盈

但我不愿惊扰你，远远地
还是让我夏虫一样为你喝彩
在你必经的地方，铺一川芊芊新绿
等你在霏霏轻雪中赤脚踏过

当你已走远，远到我目光的那端
悄悄捡拾你零落的脚印
然后，在我虚构已久的小园
堆砌一条可以无限走近你的幽径

2010.3.6

走过广场

从西北角一踏入这座广场
与我相随多年的影便不知去向
是谁无声地飘过身旁，身怀绝技
劫掠无形，或者如此魅力倾城

四顾之间，人们来来去去
没有谁注意我的惊慌与失态
如电影里刻意安排的表情
自然而真实，甚至看不出剪贴的痕迹

蓦然间我发现自己已化作一只蚂蚁
那么小，午后的阳光如此明媚
一个乞讨者正把手举过头顶
他口中重复的字句如枯槁的爬藤

坐在长椅上的老者仰着头，双眼微睁
他肯定不是在看那枚蝶形风筝上升的姿态
手挽手经过身边的情侣
一万年，也跨不过那道斑马线

一步一步走过广场，时间的微粒堆积
预报中的阵雨或许马上就要到来
一只乌鸦低低地飞过那尊肃穆的雕像
但他没看见，那只在热锅上拼命爬行的蚂蚁

2010.3.2

可不可以不怀念

这幽蓝幽蓝的湖水有多深
那年你踏过小桥的瞬间
在这湖的眼底仍然可以看见
没有翠鸟啄破这琉璃般的水面
瘦了的月光也无力卷起微澜，那么
要多久的想念，你才能生动地浮上来

那些凝结在柳叶上的露珠
是否可以洗净心上斑驳的锈痕
随风飘落的片片粉红花瓣
铺不出一条绕过冬天的小径
我的眼睛蝴蝶般穿过夜色
却找不到，那枚你卿卿软语编织的巢

如果那株昙花已在昨夜绽放
或者乌鸦站在刚刚醒来的桉树上鸣叫
凝眸间青草地上开满白色的野菊
你能不能给我些许时间
让我试一试，可不可以不怀念
那恼人的笑，和春风无尽的缠绵

2010.2.26

练　习

一段不算陡峭的斜坡
碧草如茵，三五棵不老松点缀
就这样铺在我的房前，如一匹锦缎

每天清晨或者黄昏
我都要从坡底爬上坡顶，有时带着小狗
再从坡顶滑到坡底，五次或者七次

这样做并没有什么特别的意义
只是为了锻炼身体，或者练习
适应这样的地形，以及日常生活

2010.2.25

檐　雨

总是在我倚窗凝望的时候
你将一帘檐雨挂在窗前
我该如何开始追忆
那把题诗的团扇早已被深埋尘埃
梧桐树在遥远的长安
此刻是不是正随风低吟
你看没看见，一片枯叶跌落的婉转

我的檐前只有几竿修竹
萧萧之声和着檐雨的淅沥
如你走过时舞动的裙裾
我的目光不善奔跑，一步一韵
怎能追得上你幽燕般的飞翔
远远地，黄昏的媚娘曳一袭青衫
正穿过那片杨树林，缓缓而来

我为你准备的朱墨依然鲜亮
从第一页到最后一页
那么多的情节，发生的与未发生的
萤火般飘忽，你要如何圈点

细碎的足音响过空阶

如岁月清泠的回声，蓦然回眸

我看见你隐在那帘檐雨后，泪流满面

2010.2.27

古柳树下的石椅

你一直站在那棵古柳树下
青白的大理石肌肤温润而沉静
浅深的斑纹说着岁月的悠长
是的，在我未到之前
你已站在这里一个世纪

我想深深地沉入你的臂弯
来路万水千山已让我疲惫
贴近你的肌肤，听你缓缓诉说
谁曾在此细数落花，听风絮语
谁又曾在此闭目遐思，消磨了整个黄昏

秋风拂过的尘埃里散着远山的气息
我知道你是远山的一段肋骨化成
你的眼里总浮现叠嶂的峰峦
朝朝暮暮的风霜，年年岁岁的雨雪
任寂寞的苔痕爬满脊背

疾来疾去的小松鼠总让你牵挂
偶尔也有仓皇的孤雁经过

把影子遗落在你脚下，你弯腰拾起
小心地折叠，然后藏入记忆
怀想是午夜后独自止渴的一杯水

秋风又起，叶舞如蝶
是不是到了起身离开的时刻
你的臂弯只可片刻安歇
留恋是回忆时纷纷扬扬的柳絮
转身之间，一个身影正缓缓走近

2010.2.25

月　影

笛声中藏着多少你不愿提及的往事
如果月光停留在芭蕉的叶片上
一整夜，会不会留下梵文般的痕印

这样的冬夜不会下雪
夜行人正穿过湖边的桃树林
一弯新月刚刚升起，如梦中的眉

寥寂的湖如你此时的心情
水草们都在屏息凝望
那最后一片桃叶跌落湖心的姿态

夜已深，还是不要独自登临
高台上的月色虽好
古往今来有几人能承受那如剑的寒冽

你的笛声如一缕游云，逐月而飞
夜行人停驻了匆匆的脚步
一声犬吠，帘卷处又是谁披衣而起

2010.2.10

沙漠玫瑰

我陷落荒漠，只是为了
追寻你袅如梵音的吟唱
多年后，你会不会如云般飘过
当我的枯骨再次裸露
沙砾涤荡，依然响着昔日的足音

不要让你的泪洒落如雨
请为我吟唱那首古老的诗歌
我将融化在你灼热的诗句里
变成一个词，然后
复活在你曼婉的唇齿间
千重万重，散着玫瑰的香息

2010.2.9

江　上

琴声能否追得上纵逝的时间
风吻竹叶的声响，如一曲胡笳
月光淌过窗下
揭开旧伤的痕，隐痛正在蔓延

多少遍默念菩萨才会一偿人愿
你能不能在今夜赶来
趁着月色阑珊，乌尚未啼
我煮的茶已香溢庭下

如果你来，请从那江上浮槎而来
满江月色之外
我再为你弹一曲琵琶
梦里的远行不会有霜染白发

2010.2.7

如果你在冬天到来

我该以怎样的方式迎接你
如果你到来，深冬时节
当我失去了绿的华服，带香的花朵
甚至也没有小小的一粒红色浆果

我的枝头仅剩两片未落的枯叶
伤痕般印在你注视的湖面
我早已死亡，是嵌在你唇间的化石
嶙峋的瘦骨在风中响着铜音

你该会为我唱一曲挽歌
轻曼如雪般低回，然后将我掩埋
或者跳一支舞，幽燕般绕过我的臂弯
我的魂灵柔软地钻出来，变成云

是的，把我赤裸的身体拥入你怀中
我的哭泣只是因为
无法为你备好一树安祥的绿荫
当你到来，穿过三世纷扰的尘烟

我凝望了千年的目光正融化为水
流入你的手心，如鱼的呼吸
让我用温热的词语装饰那些枝丫
在黎明前，为你点亮一树烟花

2010.2.5

林下细流

我真的不想偷听你深藏的心事
但你为何把她们丢在树林里
这些不安分的精灵，正在落叶下潜行
偶尔还与那些小青石絮絮低语

你的心事是不是与春天的那场爱情有关
那么晶莹，仿佛串串滑落的星星
波光里还闪着桂香般的蒙蒙愁绪
远远的榆树畔，一只小鸟正在慢慢品味

向南走出树林就是一大片青草地
你可以把心事挂在草尖上
小黄花一样，怯怯地开放
细心的蝶娘会在午后赶来，收藏她的香

更远的地方是我不曾到过的幽深山谷
那里一定开着寂寞的木芙蓉
当你的心事泪珠般从崖上溅落
层层叠叠的花瓣，就会晕开灿烂的红

千年后，追着这林下的细流
一个小女孩会提篮来采
你那些染在花瓣上的艳艳心事
是她出嫁时，飘在颊上最美的一抹霞烟

2010.2.3

静夜中的乐音

静寂的暗夜里我睁大双眼
仿佛看到缥缈的乐音，水草一般
从遥远的天边游来，直扣心扉
我身不由已地推开那扇尘闭的窗
想要举身跃入这无边的黑里

你可不可以给我一双蝴蝶的翅膀
让我和着你的节拍忘情舞蹈
你可不可以给我一声胡笳的哀伤
让我婴儿般地放声哭泣
如果你可以，你这黑夜中的精灵

或者给我大雁般的飞翔
一去万里，然后栖息在那片安静的苇荡
或者给我杜鹃般的歌唱
淋漓酣畅，直唱到鲜血染红山冈
杜鹃花的火红把天空照亮

但是我不能啊，不能跃入这无边的黑
我心已老，沉重的伪装已深入骨髓

还是让我倚窗而立，在这黑的边缘
把我的影子梦一般投入你的怀抱
随你飘摇，一直到遥远遥远的旧时光

2010.1.31

不眠的双眼

我的一双眼睛掉进深深的夜里
一颗化作天上的月亮
一颗化作水中的月亮

无论你低头或者仰望
我痴恋你的目光啊
都可以看见你的欢喜和忧伤

2010.1.28

雕　塑

金字塔形的底座托起一枚笔形的方碑
向上到仰望的高度
碑身以折断的不规则边缘，与天空相连

我一直惊叹它完美的力学稳定
和他到达顶端时的自然姿态
我的目光如一条爬虫，在那条裂缝间滑行

我该以怎样的姿势，如果我背着行囊
才能从他的底座与碑身相连的那一点潜入
当我听见记忆带着回声的呼唤

追溯总会遇到不愿直面的艰难
越来越接近天空的高远了，我却找不到
童年岁月里欢笑和哭泣之间的关联

还是以倒叙的方式重新开始
即使受伤甚至落入陷阱，更多的鱼正努力洄游
寻找那片散发着祖先温暖的母性水域

或许我该转身离开，在更远的地方回望
甚至化作一只善飞的小鸟
从他断裂的碑顶开始我的寻找，向下亦或向上

2010.1.26

树上的苔痕

长长的雨季让我心慵懒
“心念”贴地盘旋，飞不出窗外那一片树林
更远处是想象穿不透的蒙蒙灰白

树们在秋天来临时就已慢慢睡去
裸露的枝干肆意伸展
梦很沉很深，任凭雨日复一日地淅沥

偶然会想起江南，那里有桃花开在溪桥畔
烟雨中也可以看见醒着的星星
而窗外，我的目光正与青石上的苔痕缠绵

这些苔痕在冬天的雨季里肆意啜饮
体态丰腴，闪着媚惑的油绿
更多的他们正沿着树干北面缓缓向上爬行

枯落的黄叶正在雨浸中辗转成泥，旧梦一般
长长的雨季中哪些心事会如苔痕般蔓延
或许我该在雨季结束前写一封信，问你

2010.1.24

她的故事

我是不是曾对你说起她的故事
在西施入吴、昭君出塞之外
也不与楚霸王、吕布和唐明皇有关

我只是偶然把这片锦书拾起
不经意地展开，看见她
袅立在文字间，依然是那时容颜

她在哪一处青藤印墙的小楼
红窗下，珠帘半卷
夜夜弹一曲声如檐雨的琵琶

小楼下谁是青衫司马，徘徊不去
几杆青竹旁梅花正在盛开
殷红点点，如心上不愈的疼痛

月影飘过矮墙下的苔径
那里堆满春来无人掩埋的落英
清幽中一丝暗香杳然入怀

为何要铺开那些薰香的锦笺
江南的月夜最让人伤怀
每一韵中都绕着若有若无的轻岚

今夜江南月好，她肯定又弹一曲琵琶
声如檐雨，我把她的故事说给你听
而你，是不是她弦上念念不能忘却的低吟

2010.1.22

轻　霜

是谁在昨夜把一箧乡愁佚散
化作林下细细的白霜
又是谁在晨晓推开朱红的窗
伫望，任轻霜肆意地爬上鬓角

秋凉早已漫出游子的梦里
一阕一阕在少女的筝弦上吟唱
目光可以穿越多远的时光
凝霜的落叶不是缭绕的余韵

年年来去的雁群已栖居在诗里
一只青雀飞越遥远的记忆
息在窗前槐树的南枝上
轻理羽翅，如我在灯下细数檐雨

身后的黄菊在凝望间悄然盛开
半幅初阳飘落林下，如软语
化霜为一缕淡淡的烟
袅邈，我的袖底盈满潮湿的菊香

2010.1.20

冬天的丛林

我在冬天的丛林中缓步而行
小草没有睡去，在黄叶下私语
轻轻数着我忧郁的足音
树们的枝丫卸去繁荫的藻饰
露出笔直的力度与转折的遒劲
阳光抛下的锦缎被撕成碎片
散落林间，如诗人酒后的梦呓

丛林深处，飘着若有若无的雾岚
那里一定藏着乌鸦的秘密
他们一直盘旋在丛林边缘，不愿飞远
一只小松鼠，如梦中的诗情
在右边的老松树后一闪而去
我只看见它的眼睛，和我的心一样敏感
除了我，还有谁踏过这冬天的丛林

那些青石边的红色浆果
是冬天挂在丛林间的风铃
风过，依然响着秋天的回声
如我想你的心情

2010.1.5

静　水

穿过一条小街，再踏过一片草地
就看见你，静静地坐在竹林深处
如月下窗前浮动的幽兰气息

弯弯的眉，盈盈的眼，清清浅浅的心事
蜻蜓般歇在莲尖，飘在虹的羽带边
摇曳在萧萧的竹影淡云间

你一定是我前世牵手的挚恋
望一眼，就让我不忍离开
铭心的记忆只在脉脉的眼波里流转

坐下来与你一起面对夕阳
细细的柔情如那些浅草和小黄花
在手边蔓延，直到不能自拔

匆匆而来又匆匆而去的小鸟
吻开一个笑靥，我和那早已离开的魂灵
立刻就化在你的涟漪下，从此不再轮回

2010.1.18

残　简

半枚残缺的竹简
上书三五个如豆的小篆
逗开点点成斑的泪痕
谁的心事如此沉浓
忘川的水也化不开，洗不淡

一定是写给我的
竹简上还有我熟悉的温暖
那一世我骑马远行
留你在竹影摇曳的窗前
替我耕半畦清菊，一垄霞烟

削竹 薰香 研墨为书
简古的小篆如何说得完
那细细密密的思念
唯有这斑斑点点的泪痕
一千年，依然滚烫得灼人双眼

2010.1.19

路　口

我不知道你是谁，或许
只是我枯涸想象中走失的自己
你站立的姿势如井上的旅葵
长风经过，你倾身一揖
独据苍茫的模样
倾倒了北迁的雁群
他们的飞翔模仿了你和你身后的影

老柳树上的青条是不舍的别情
记忆中的路口还散着些细碎的花瓣
是谁遗落的叹息羽化为蝶
舞动的双翅泛着幽蓝的魅
轻整衣袂，你穿过路口
那片云恰抛下一方淡蓝的手帕
把你的背影悄悄拾起

2010.1.5

有些事

有些事，总是随月光的细流穿过零点
悄悄堆积在夜的边缘
烟头上跳动着玫瑰红的火焰
灼痛了依依凝望的双眼

洗过我青布衫的小河已不再流淌
那座石拱桥如锈死的喉结
夕阳下蹒跚而过的老者
身后的狗还会不会对我友好地轻吠

檐前垂下的雨帘凝重如铅
曾经野菊花盛开的地方爬满枯寂
我再也不敢赤脚踏过那些田埂
窄窄的田埂，缠绕不知名的荆棘

被劫掠的孩子，眼睛挂在天边
长长的黑暗淹没了他们无泪的哭泣
我的兄弟正站在那座高楼的顶端
他只想讨要应得的工钱

有些事，总是如逐流的浮萍
聚集在我悬停的笔尖，这样的夜晚
或许我该搁笔走开
因为那些红笺只适合书写浪漫的爱情

2010.1.16

就这样注视你

我就这样注视你，好不好
温情的目光流淌如野菊花的香
你的身影越来越远
渐渐融入五月连天的麦田

我知道你挥手的含义
即使转过身，我依然可以
看到你，在西窗下的灯影里
秋霜在箫声中袅成轻岚

竹林里捡回的蝉声堆满小屋
池塘边的青石上依然晒着那些贝壳
水草中的红鲤鱼也没有溜开
只是牵牛花暂时没有爬上窗台

自南而来的风，藏着你的笑
耳朵有时不太可信，每当黄昏
我就把眼睛挂在檐前
正对着那一望无际的麦田

2010.1.15

这样的你

我只想躲在你的文字里
枕着寂寥睡去，今夜有月如香兰
一双蝴蝶正穿过竹林
那一池的清，我的心能否装得下

任凭阳光在芭蕉上的脚印凌乱
等在荷叶旁的鱼儿沉入水底
恣意地让自己沉醉，然后轻轻地
赤脚踏过那条花瓣堆砌的苔径

起风了，或许我该揽你入怀
贴近我心，那些轻灵如羽的思绪
即使浅浅的一声叹息
也会让她化成漫天的飞絮

2010.1.13

偶　遇

古典的鸿雁穿越千年的云烟
给我带来一个转身的美丽
你就在街道的那端
风吹衣袂如长歌中的行板

我的眼里伸出绵绵的柳丝
暖风中举起娇媚的嫩绿
潮湿的空气荡开一圈圈涟漪
带你飘向深深的人群

这时我多想可以小一小
让自己化作一只横飞的水鸟
把影子投入你的怀里，或者
至少给你一声嘹亮的歌唱

2010.1.10

雨　季

其实我记不清雨季到底什么时候开始
或许是十一月九号的清晨，梦见你
然后，雨就像你的气息
笼罩我一样主宰了这个世界

雨一直下没有停息，我的眼睛疲惫
有时她会在夜晚暂时溜开
当然这样的时候一定有星星
但没有人注意一颗流星坠落的美丽

那棵老树上的叶片无可奈何地跌落
一片一片，浸在路边的积水里
绝望的褐色斑点跳动在红色的梦里
从前，从前是很遥远的事情

而枯寂的枝干上已爬满青色的苔痕
很多年前的一枚同心结
现在成了一块永远的瘢痕，湿湿地
有一种痛永远不愿说出

乌鸦潮湿的翅膀很沉重
这样的时候不适合表演飞翔
多汁的草地可以融化欲望
我想，很多条小溪正奔向传说中的海洋

我在等待雨季的间歇
阳光可以透过那些蜘蛛网飘下来
然后在门前升起一面旗
因为，我并不知道风会从哪个方向吹开门窗

2010.1.10

错　过

我提前一小时出门
肯定不会错过与你的约会
出门前
我反复地看了地址
还有路线，在北站路口南转

我在北站路口南转
路牌一脸严肃
告诉我肯定没错
但南转后
我找不到我们约会的地点

我肯定没有走错一步
直到路灯也禁不住笑出了声
笑声在街道上滚动
分明有一种刺耳的嘲讽
我不知所措，除了忠实的路牌
我还可以相信谁的指点

早已错过与你的约会
原本我肯定不会错过的约会

夜的迷茫漫过来
嘶哑的虫鸣敲在心上，很疼痛
我的脚步凌乱
谁还会给我一朵云的温柔

那块被刻了字的石头一直在昏睡
即使我看他的眼神流血
他也不会醒来
我决定还是回到最初的起点
或者重新开始，或者取消约会

2010.1.7

遥　远

泊船在岁月之河的黄昏岸
渡头的酒旗招摇着醒目的陌生
才发现，我已离开你很远很远
那些曾经与你相聚的时光
已如叹息般随风飘散
只剩下你临江挥别的那枚片段

你说喜欢灯下看花的平淡
我却注定漂泊在无尽的旅程
暮霭沉沉的江上荡着滟滟的寒
回棹而返只是梦中的幽怀
那些月照东山的夜晚
你是我低头时一丝甜甜的暖

2010.1.4

非洲来信

接过你来信的瞬间
热带的气息便扑面而来
我猜想你写信的午后
有一双蝴蝶缠绵在你的身边
望着远远的河流蜿蜒
谁的名字在你唇间闪现

你伏在巨石上的姿势如一只壁虎
那支蓝色水性笔的书写怀旧而温暖
些许倾斜的笔画跳动着不安
小小信封能否装得下沉沉的牵念
长歌起处你又走入苍茫的草原
你说你的浪迹没有终点

让我的思念也随你出发
或许前方有海盗式的劫杀
而当风笛在月华中如水般流淌
我就一定能找到你的方向
在每一堆熊熊燃烧的篝火旁
娱神的舞蹈是我不眠的守望

2010.1.1

枫

你一直把心事深深地藏起
如所有的树们
披一袭青绿的外衣
是不是秋雨多情的淅沥
才让你坦露心迹

你的诉说是那样的羞涩
但艳紫的红绝对是一种象征
正如我总把微笑挂在脸上
临风一舞的绚烂
没有人听懂你隐约的叹息

你站在道旁的姿势优美而沉静
即使有月光缥缈的歌声萦绕
我也只看见一颗清露凝结
如昨夜依稀的梦
温柔地融化在注视的刹那间

你坚信过度的诠释让期待凋残
绕过那片高楼疯长的地带

起伏的山林在目光的尽头遥远
那些装点在层林间的红艳
总能让我一望潸然

2009.12.23

西雅图短章

海滩独步

异国的风轻扬我薄薄的青衫
思绪暮烟般升起在遥远的地平线
朦胧了波浪层叠的海湾
谁的瘦影拉长了沙滩寂寞的向晚

归鸦还在高高的乔木畔流连
声声啼唤惊落满地的幽寒
西雅图的灯火已在身后次第点燃
而故园该在露华中刚刚醒来

秋　雨

风在窗外的林间切切私语
唤起了秋天深藏的回忆
斜倚在我的窗前
诉说西雅图云水般的爱情，绵绵地
从黎明到黄昏
从黄昏到黎明

想象穿不透乌云般的疑障
我迷失在无边的雨季里
梦因潮湿而沉重
如草地上徘徊无因的鸦群　低低地
飞起又落下
落下又飞起

樱花树下

记不清是哪一个春天的月夜
或者微雨的黄昏
我托钵踏过这条小径
纷纷花雨的画意
是我记忆里一种别样的情绪

樱花带雨的零落是淡淡的春惘
那么摇曳满枝的红叶
你在诉说何种别样的衷肠
一叶婉转入怀
我仿佛听到故乡古老的谚谣

长街站台

风在长街上裹着夜的黑衣潜行
长长的背影爬满迷离而悠长的梦呓
抑或檐前雨过芭蕉似的轻响
昏黄的灯影摇曳
斑驳了站台上孤寂的身影

多情的目光无法温柔冷漠的坚硬
焦急的等待唤不回时间沉沉的步履
谁还在那面雕花的窗下沉吟
一枚红叶辗转飘落
叹息般划向那片凝露的草地

2009.11.25

流　年

当我呆坐在春日的紫桑间
痴痴地丈量蜗牛姗姗的步履
你悄悄地走来又离开
带走了青草、蝴蝶与游戏
只留下一串歪歪斜斜的脚印

当我躺在夏日的星空下
翩翩地浮想牵牛织女的浪漫
你悄悄地走来又离开
带走了青杏、野菊与诗篇
只留下几页夹着花瓣的日记

当我独立在秋日的远水边
深深地迷恋归雁飞翔的姿态
你悄悄地走来又离开
带走了叶笛、柳絮与青春
只留下梦中一面忧伤的背影

如今我踽行在冬日的荒原
沉沉地感慨总错过与你的相见

我知道悄悄的你就在身边
在清夜中点起一盏青灯
无声地雕琢我的容颜

2008.11.10

牵　挂

分离是一条无形的河
我站在这一边
你站在那一边

牵挂是一根看不见的线
一端系着我
一端系着你

从此
我心的每一次律动
都呼应你的脉搏

2005.4.15

心　情

一汪淡泊的湖水
沉寂在亘古荒凉的原野

偶尔，一片浅蓝的云经过
留下一个幽幽的笑靥
一只孤独的雁稍住
啄水而饮，轻轻抖落一叶翎羽
或者，那站在身边千年的枫树
总在清冷如梦的夜里
轻扬裙裾，萧散而歌

那禁不起一掬的盈盈心情
顿时散满了整个原野

2005.4.8

后　记

是的，“你”是我诗中的主角，我的每一首诗都是在对“你”诉说。仿佛我们前生就曾相遇，今生只是远别后的重逢。

每一次与你不期而遇，总是那么美好，我记得每一个这样的时刻：在川北丘陵起伏的那座小村庄，金黄金黄的油菜花铺满三月的田野。穿过竹林，在挂满青青柑橘的橘树下，就遇见你；在清波荡漾的嘉陵江边，一丛丛的芦荻摇曳着秋天的苍凉，夕阳下，在那道铺满鹅卵石的长长的河湾，就遇见你；在花开万重的锦官城，行过浣花溪的竹林幽径，穿过春熙路熙熙攘攘的人流，在流溢着蜀风古韵的锦里，就遇见你；在烙印着岁月痕迹的门，独行于南开园那一池田田的青荷岸，在海河畔望海楼的晨钟里，就遇见你；在沈水之阳，当金黄的银杏叶纷纷飘落，在如梦如幻的秋日黄昏，或者，当如雪的槐花簌簌飘落，在雨后清新的初夏早晨，就遇见你；在不眠的西雅图，在三月里樱花烂漫的广场，在幽深的永远飘着雨的北美雨林深处，就遇见你。

即使与你无间亲密，与你无话不说，但我却不知道你的名字，不知道你来自何方，在何处驻足，又要去向哪里。也不知道你有怎样的过往、欢欣或者忧伤。是否曾经住在那座幽深的庭院，是否骑马从唐朝一路走来，是否带着一支木芙蓉，是否采了一朵九月的菊花，或者撷了一片江上的晚霞……

你是谁？每当忧伤的蛇爬出洞穴，吞噬了我玲珑的足音，在落雪后孤寂的树林，或者面对一潭幽渺的烟水；在大街上匆匆忙忙的人流里，或者在只有黑暗、只有冷风的寒夜；在微雨迷蒙的长川，燕子穿过细柳，或者在月影斑驳的老巷，夏虫也停止了聒噪。凝眸一望间，你总会伫立在我设想的最美的距离那端，娉娉婷婷，浅笑盈盈，顿时就生动了庸常，妩媚了时光。

你是谁？请给我哪怕是一丁点的暗示或线索，用一枚飘过我窗前退了色的花瓣，用一朵正在飘散的蒲公英的小小伞；或者用一声大雁悠长悠长的呼唤，远山上一片流连的霞烟；或者那位有着瀑布般长发女子的眼神，那个小男孩清清朗朗的笑声；抑或湖面上的一丝微澜，甚至梦中的一声幽叹，都好。

你是谁？请你告诉我，趁我还没有老到失去对美的记忆，趁我还可以分辨夜和夜的黑，趁我还可以在黎明虔诚地感恩，开始一天新的生活。

你是谁？

或许，你就是我，我就是你，那个前生我已忘记、来世我未相识、今生我常常遇见的自己。是不是，前数日我们就有一次不期而遇？《戏题辽东春迟》诗可以为证：

春风最后到辽东，
一夜花开几万丛。
喜煞耕烟堂上客，
雨中痴立看嫣红。

如果某一天有人也偶然遇见，请不要高声叫出伊的名字，伊有痴疾。

熊　明

2017 年暮春记于耕烟堂

2018 年孟春改定于耕烟堂